COLLECTION FOLIO

Marguerite Duras

Le ravissement de Lol V. Stein

Gallimard

Marguerite Duras est née en Cochinchine où son père était professeur de mathématiques et sa mère institutrice. Elle fit un bref séjour en France pendant son enfance et ne quitta définitivement Saïgon qu'à dix-huit ans.

Auteur de nombreux romans, de pièces de théâtre et de plusieurs films, parmi lesquels le célèbre *Hiroshima mon amour* et *India Song,* Marguerite Duras est un écrivain dont l'œuvre est pénétrée de la certitude que l'amour absolu est à la fois nécessaire et impossible. C'est ce que témoigne l'aventure de Lol V. Stein, la plus inoubliable, sans doute, des héroïnes de Duras.

Pour Sonia.

Lol V. Stein est née ici, à S. Tahla, et elle y a vécu une grande partie de sa jeunesse. Son père était professeur à l'Université. Elle a un frère plus âgé qu'elle de neuf ans — je ne l'ai jamais vu — on dit qu'il vit à Paris. Ses parents sont morts.

Je n'ai rien entendu dire sur l'enfance de Lol V. Stein qui m'ait frappé, même par Tatiana Karl, sa meilleure amie durant leurs années de collège.

Elles dansaient toutes les deux, le jeudi, dans le préau vide. Elles ne voulaient pas sortir en rangs avec les autres, elles préféraient rester au collège. Elles, on les laissait faire, dit Tatiana, elles étaient charmantes, elles savaient mieux que les autres demander cette faveur, on la leur accordait. On danse, Tatiana? Une radio dans un immeuble voisin jouait des danses démodées — une émission-souvenir — dont elles se contentaient. Les surveillantes envolées, seules dans le grand préau où ce jour-là, entre les danses, on entendait le bruit des rues, allez Tatiana, allez viens, on danse Tatiana, viens. C'est ce que je sais.

Cela aussi : Lol a rencontré Michael Richardson à dix-neuf ans pendant des vacances scolaires, un matin, au tennis. Il avait vingt-cinq ans. Il était le fils unique de grands propriétaires terriens des environs de T. Beach. Il ne faisait rien. Les parents consentirent au mariage. Lol devait être fiancée depuis six mois, le mariage devait avoir lieu à l'automne, Lol venait de quitter définitivement le collège, elle était en vacances à T. Beach lorsque le grand bal de la saison eut lieu au Casino municipal.

Tatiana ne croit pas au rôle prépondérant de ce fameux bal de T. Beach dans la maladie de Lol V. Stein.

Tatiana Karl, elle, fait remonter plus avant, plus avant même que leur amitié, les origines de cette maladie. Elles étaient là, en Lol V. Stein, couvées, mais retenues d'éclore par la grande affection qui l'avait toujours entourée dans sa famille et puis au collège ensuite. Au collège, dit-elle, et elle n'était pas la seule à le penser, il manquait déjà quelque chose à Lol pour être — elle dit : là. Elle donnait l'impression d'endurer dans un ennui tranquille une personne qu'elle se devait de paraître mais dont elle perdait la mémoire à la moindre occasion. Gloire de douceur mais aussi d'indifférence, découvrait-on très vite, jamais elle n'avait paru souffrir ou être peinée, jamais on ne lui avait vu une larme de jeune fille. Tatiana dit encore que Lol V. Stein était jolie, qu'au collège on se la disputait bien qu'elle vous fût dans les mains comme l'eau parce que le peu que vous reteniez d'elle valait la peine de l'effort. Lol était drôle, moqueuse impénitente et très fine bien qu'une part d'elle-même eût été toujours en allée loin de vous et de l'instant. Où ? Dans le rêve adolescent ? Non, répond Tatiana, non, on aurait dit dans rien encore, justement, rien. Était-ce le cœur qui n'était pas là ? Tatiana aurait tendance à croire que c'était peut-être en effet le cœur de Lol V. Stein qui n'était pas — elle dit : là — il allait venir sans doute, mais elle, elle ne l'avait pas connu. Oui, il semblait que c'était cette région du sentiment qui, chez Lol, n'était pas pareille.

Lorsque le bruit avait couru des fiançailles de Lol V. Stein, Tatiana, elle, n'avait cru qu'à moitié à cette nouvelle : qui Lol aurait-elle bien pu découvrir qui aurait retenu son attention entière ?

Quand elle connut Michael Richardson et qu'elle fut témoin de la folle passion que Lol lui portait, elle en fut ébranlée mais il lui resta néanmoins encore un doute : Lol ne faisait-elle pas une fin de son cœur inachevé ?

Je lui ai demandé si la crise de Lol, plus tard, ne lui avait pas apporté la preuve qu'elle se trompait. Elle m'a répété que non, qu'elle, elle croyait que cette crise et Lol ne faisaient qu'un depuis toujours.

13

Je ne crois plus à rien de ce que dit Tatiana, je ne suis convaincu de rien.

Voici, tout au long, mêlés, à la fois, ce faux semblant que raconte Tatiana Karl et ce que j'invente sur la nuit du Casino de T.Beach. A partir de quoi je raconterai mon histoire de Lol V. Stein.

Les dix-neuf ans qui ont précédé cette nuit, je ne veux pas les connaître plus que je ne le dis, ou à peine, ni autrement que dans leur chronologie même s'ils recèlent une minute magique à laquelle je dois d'avoir connu Lol V. Stein. Je ne le veux pas parce que la présence de son adolescence dans cette histoire risquerait d'atténuer un peu aux yeux du lecteur l'écrasante actualité de cette femme dans ma vie. Je vais donc la chercher, je la prends, là où je crois devoir le faire, au moment où elle me paraît commencer à bouger pour venir à ma rencontre, au moment précis où les dernières venues, deux femmes, franchissent la porte de la salle de bal du Casino municipal de T. Beach.

L'orchestre cessa de jouer. Une danse se terminait.

La piste s'était vidée lentement. Elle fut vide.

La femme la plus âgée s'était attardée un instant à regarder l'assistance puis elle s'était retournée en souriant vers la jeune fille qui l'accompagnait. Sans aucun doute possible celle-ci était sa fille. Elles étaient grandes toutes les deux, bâties de même manière. Mais si la jeune fille s'accommodait gauchement encore de cette taille haute, de cette charpente un peu dure, sa mère, elle, portait ces inconvénients comme les emblèmes d'une obscure négation de la nature. Son élégance et dans le repos, et dans le mouvement, raconte Tatiana, inquiétait.

— Elles étaient ce matin à la plage, dit le fiancé de Lol, Michael Richardson.

Il s'était arrêté, il avait regardé les nouvelles venues, puis il avait entraîné Lol vers le bar et les plantes vertes du fond de la salle.

Elles avaient traversé la piste et s'étaient dirigées dans cette même direction.

Lol, frappée d'immobilité, avait regardé s'avancer, comme lui, cette grâce abandonnée, ployante, d'oiseau mort. Elle était maigre. Elle devait l'avoir toujours été. Elle avait vêtu cette maigreur, se rappelait clairement Tatiana, d'une robe noire à double fourreau de tulle également noir, très décolletée. Elle se voulait ainsi faite et vêtue, et elle l'était à son souhait, irrévocable-

15

ment. L'ossature admirable de son corps et de son visage se devinait. Telle qu'elle apparaissait, telle, désormais, elle mourrait, avec son corps désiré. Qui était-elle? On le sut plus tard : Anne-Marie Stretter. Était-elle belle? Quel était son âge? Qu'avait-elle connu, elle que les autres avaient ignoré? Par quelle voie mystérieuse était-elle parvenue à ce qui se présentait comme un pessimisme gai, éclatant, une souriante indolence de la légèreté d'une nuance, d'une cendre? Une audace pénétrée d'elle-même, semblait-il, seule, la faisait tenir debout. Mais comme celle-ci était gracieuse, de même façon qu'elle. Leur marche de prairie à toutes les deux les menait de pair où qu'elles aillent. Où? Rien ne pouvait plus arriver à cette femme, pensa Tatiana, plus rien, rien. Que sa fin, pensait-elle.

Avait-elle regardé Michael Richardson en passant? L'avait-elle balayé de ce non-regard qu'elle promenait sur le bal? C'était impossible de le savoir, c'est impossible de savoir quand, par conséquent, commence mon histoire de Lol V. Stein : le regard, chez elle — de près on comprenait que ce défaut venait d'une décoloration presque pénible de la pupille — logeait dans toute la surface des yeux, il était difficile à capter. Elle était teinte en roux, brûlée de rousseur, Ève marine que la lumière devait enlaidir.

S'étaient-ils reconnus lorsqu'elle était passée près de lui?

Lorsque Michael Richardson se tourna vers Lol et qu'il l'invita à danser pour la dernière fois de leur vie, Tatiana Karl l'avait trouvé pâli et sous le coup d'une préoccupation subite si envahissante qu'elle sut qu'il avait bien regardé, lui aussi, la femme qui venait d'entrer.

Lol sans aucun doute s'aperçut de ce changement. Elle se trouva transportée devant lui, parut-il, sans le craindre ni l'avoir jamais craint, sans surprise, la nature de ce changement paraissait lui être familière : elle portait sur la personne même de Michael Richardson, elle avait trait à celui que Lol avait connu jusque-là.

Il était devenu différent. Tout le monde pouvait le voir. Voir qu'il n'était plus celui qu'on croyait. Lol le regardait, le regardait changer.

Les yeux de Michael Richardson s'étaient éclaircis. Son visage s'était resserré dans la plénitude de la maturité. De la douleur s'y lisait, mais vieille, du premier âge.

Aussitôt qu'on le revoyait ainsi, on comprenait que rien, aucun mot, aucune violence au monde n'aurait eu raison du changement de Michael Richardson. Qu'il lui faudrait maintenant être vécu jusqu'au bout. Elle commençait déjà, la nouvelle histoire de Michael Richardson, à se faire.

Cette vision et cette certitude ne parurent pas s'accompagner chez Lol de souffrance.

Tatiana la trouva elle-même changée. Elle

guettait l'événement, couvait son immensité, sa précision d'horlogerie. Si elle avait été l'agent même non seulement de sa venue mais de son succès, Lol n'aurait pas été plus fascinée.

Elle dansa encore une fois avec Michael Richardson. Ce fut la dernière fois.

La femme était seule, un peu à l'écart du buffet, sa fille avait rejoint un groupe de connaissances vers la porte du bal. Michael Richardson se dirigea vers elle dans une émotion si intense qu'on prenait peur à l'idée qu'il aurait pu être éconduit. Lol, suspendue, attendit, elle aussi. La femme ne refusa pas.

Ils étaient partis sur la piste de danse. Lol les avait regardés, une femme dont le cœur est libre de tout engagement, très âgée, regarde ainsi ses enfants s'éloigner, elle parut les aimer.

— Il faut que j'invite cette femme à danser.

Tatiana l'avait bien vu agir avec sa nouvelle façon, avancer, comme au supplice, s'incliner, attendre. Elle, avait eu un léger froncement de sourcils. L'avait-elle reconnu elle aussi pour l'avoir vu ce matin sur la plage et seulement pour cela?

Tatiana était restée auprès de Lol.

Lol avait instinctivement fait quelques pas en direction d'Anne-Marie Stretter en même temps que Michael Richardson. Tatiana l'avait suivie. Alors elles virent : la femme entrouvrit les lèvres pour ne rien prononcer, dans la surprise émerveillée de voir le nouveau visage de cet homme aperçu le matin. Dès qu'elle fut dans ses bras, à sa gaucherie soudaine, à son expression abêtie, figée par la rapidité du coup, Tatiana avait compris que le désarroi qui l'avait envahi, lui, venait à son tour de la gagner.

Lol était retournée derrière le bar et les plantes vertes, Tatiana, avec elle.

Ils avaient dansé. Dansé encore. Lui, les yeux baissés sur l'endroit nu de son épaule. Elle, plus petite, ne regardait que le lointain du bal. Ils ne s'étaient pas parlé.

La première danse terminée, Michael Richardson s'était rapproché de Lol comme il avait toujours fait jusque-là. Il y eut dans ses yeux l'imploration d'une aide, d'un acquiescement. Lol lui avait souri.

Puis, à la fin de la danse qui avait suivi, il n'était pas allé retrouver Lol.

Anne-Marie Stretter et Michael Richardson ne s'étaient plus quittés.

La nuit avançant, il paraissait que les chances qu'aurait eues Lol de souffrir s'étaient encore raréfiées, que la souffrance n'avait pas trouvé en elle où se glisser, qu'elle avait oublié la vieille algèbre des peines d'amour.

Aux toutes premières clartés de l'aube, la nuit finie, Tatiana avait vu comme ils avaient vieilli. Bien que Michael Richardson fût plus jeune que cette femme, il l'avait rejointe et ensemble — avec Lol —, tous les trois, ils avaient pris de l'âge à foison, des centaines d'années, de cet âge, dans les fous, endormi.

Vers cette même heure, tout en dansant, ils se parlèrent, quelques mots. Pendant les pauses, ils continuèrent à se taire complètement, debout l'un près de l'autre, à distance de tous, toujours la même. Exception faite de leurs mains jointes pendant la danse, ils ne s'étaient pas plus rapprochés que la première fois lorsqu'ils s'étaient regardés.

Lol resta toujours là où l'événement l'avait trouvée lorsque Anne-Marie Stretter était entrée, derrière les plantes vertes du bar.

Tatiana, sa meilleure amie, toujours aussi, caressait sa main posée sur une petite table sous les fleurs. Oui, c'était Tatiana qui avait eu pour elle ce geste d'amitié tout au long de la nuit.

Avec l'aurore, Michael Richardson avait cherché quelqu'un des yeux vers le fond de la salle. Il n'avait pas découvert Lol.

Il y avait longtemps déjà que la fille de Anne-Marie Stretter avait fui. Sa mère n'avait remarqué ni son départ ni son absence, semblait-il.

Sans doute Lol, comme Tatiana, comme eux, n'avait pas encore pris garde à cet autre aspect des choses : leur fin avec le jour.

L'orchestre cessa de jouer. Le bal apparut presque vide. Il ne resta que quelques couples, dont le leur et, derrière les plantes vertes, Lol et cette autre jeune fille, Tatiana Karl. Ils ne s'étaient pas aperçus que l'orchestre avait cessé de jouer :

au moment où il aurait dû reprendre, comme des automates, ils s'étaient rejoints, n'entendant pas qu'il n'y avait plus de musique. C'est alors que les musiciens étaient passés devant eux, en file indienne, leurs violons, enfermés dans des boîtes funèbres. Ils avaient eu un geste pour les arrêter, leur parler peut-être, en vain.

Michael Richardson se passa la main sur le front, chercha dans la salle quelque signe d'éternité. Le sourire de Lol V. Stein, alors, en était un, mais il ne le vit pas.

Ils s'étaient silencieusement contemplés, longuement, ne sachant que faire, comment sortir de la nuit.

A ce moment-là une femme d'un certain âge, la mère de Lol, était entrée dans le bal. En les injuriant, elle leur avait demandé ce qu'ils avaient fait de son enfant.

Qui avait pu prévenir la mère de Lol de ce qui se passait au bal du casino de T. Beach cette nuit-là? Ça n'avait pas été Tatiana Karl, Tatiana Karl n'avait pas quitté Lol V. Stein. Était-elle venue d'elle-même?

Ils cherchèrent autour d'eux qui méritait ces insultes. Ils ne répondirent pas.

Quand la mère découvrit son enfant derrière les plantes vertes, une modulation plaintive et tendre envahit la salle vide.

Lorsque sa mère était arrivée sur Lol et qu'elle l'avait touchée, Lol avait enfin lâché la table. Elle avait compris seulement à cet instant-là qu'une fin se dessinait mais confusément, sans distinguer encore au juste laquelle elle serait. L'écran de sa mère entre eux et elle en était le signe avant-coureur. De la main, très fort, elle le renversa par terre. La plainte sentimentale, boueuse, cessa.

Lol cria pour la première fois. Alors des mains, de nouveau, furent autour de ses épaules. Elle ne les reconnut certainement pas. Elle évita que son visage soit touché par quiconque.

Ils commencèrent à bouger, à marcher vers les murs, cherchant des portes imaginaires. La pénombre de l'aurore était la même au-dehors et au-dedans de la salle. Ils avaient finalement trouvé la direction de la véritable porte et ils avaient commencé à se diriger très lentement dans ce sens.

Lol avait crié sans discontinuer des choses sensées : il n'était pas tard, l'heure d'été trompait. Elle avait supplié Michael Richardson de la croire. Mais comme ils continuaient à marcher — on avait essayé de l'en empêcher mais elle s'était dégagée — elle avait couru vers la porte, s'était jetée sur ses battants. La porte, enclenchée dans le sol, avait résisté.

Les yeux baissés, ils passèrent devant elle. Anne-Marie Stretter commença à descendre, et puis, lui, Michael Richardson. Lol les suivit des yeux à travers les jardins. Quand elle ne les vit plus, elle tomba par terre, évanouie.

II

Lol, raconte Mme Stein, fut ramenée à S. Tahla, et elle resta dans sa chambre, sans en sortir du tout, pendant quelques semaines.

Son histoire devint publique ainsi que celle de Michael Richardson.

La prostration de Lol, dit-on, fut alors marquée par des signes de souffrance. Mais qu'est-ce à dire qu'une souffrance sans sujet ?

Elle disait toujours les mêmes choses : que l'heure d'été trompait, qu'il n'était pas tard.

Elle prononçait son nom avec colère : Lol V. Stein — c'était ainsi qu'elle se désignait.

Puis elle se plaignit, plus explicitement, d'éprouver une fatigue insupportable à attendre de la sorte. Elle s'ennuyait, à crier. Et elle criait en effet qu'elle n'avait rien à penser tandis qu'elle attendait, réclamait avec l'impatience d'un enfant un remède immédiat à ce manque. Cependant aucune des distractions qu'on lui avait offertes n'avait eu raison de cet état.

Puis Lol cessa de se plaindre de quoi que ce soit. Elle cessa même petit à petit de parler. Sa colère vieillit, se découragea. Elle ne parla que pour dire qu'il lui était impossible d'exprimer combien c'était ennuyeux et long, long d'être Lol V. Stein. On lui demandait de faire un effort. Elle ne comprenait pas pourquoi, disait-elle. Sa difficulté devant la recherche d'un seul mot paraissait insurmontable. Elle parut n'attendre plus rien.

Pensait-elle à quelque chose, à elle? lui demandait-on. Elle ne comprenait pas la question. On aurait dit qu'elle allait de soi et que la lassitude infinie de ne pouvoir se déprendre de cela n'avait pas à être pensée, qu'elle était devenue un désert dans lequel une faculté nomade l'avait lancée dans la poursuite interminable de quoi? On ne savait pas. Elle ne répondait pas.

Cette prostration de Lol, son accablement, sa grande peine, seul le temps en aurait raison, disait-on. Elle fut jugée moins grave que son délire premier, elle n'était pas susceptible de durer beaucoup, d'entraîner une modification importante dans la vie mentale de Lol. Son extrême jeunesse la balaierait bientôt. Elle était explicable : Lol souffrait d'une infériorité passagère à ses propres yeux parce qu'elle avait été abandonnée par l'homme de T. Beach. Elle payait maintenant, tôt ou tard cela devait arriver, l'étrange omission de sa douleur durant le bal.

Puis, tout en restant très silencieuse, elle recommença à demander à manger, qu'on ouvrît la fenêtre, le sommeil. Et bientôt, elle aima beaucoup que l'on parle à ses côtés. Elle acquiesçait à tout ce qui était dit, raconté, affirmé devant elle. L'importance de tous les propos était égale à ses yeux. Elle écoutait avec passion.

D'eux elle ne demanda jamais de nouvelles. Elle ne posa aucune question. Quand on jugea nécessaire de lui apprendre leur séparation — son départ à lui elle l'apprit plus tard — son calme fut jugé de bon augure. L'amour qu'elle portait à Michael Richardson se mourait. Ç'avait été indéniablement, déjà, avec une partie de sa raison retrouvée qu'elle avait accueilli la chose, le juste retour des choses, la juste revanche à laquelle elle avait droit.

La première fois qu'elle sortit ce fut de nuit, seule et sans prévenir.

Jean Bedford marchait sur le trottoir. Il se trouva à une centaine de mètres d'elle — elle venait de sortir — elle était encore devant sa maison. Quand elle le vit, elle se cacha derrière un pilier du portail.

Le récit de cette nuit-là fait par Jean Bedford à Lol elle-même contribue, il me semble, à son histoire récente. C'en sont là les derniers faits voyants. Après quoi, ils disparaissent à peu près complètement de cette histoire pendant dix ans.

Jean Bedford ne la vit pas sortir, il crut à une promeneuse qui avait peur de lui, d'un homme seul, si tard, la nuit. Le boulevard était désert.

La silhouette était jeune, agile, et lorsqu'il arriva devant le portail il regarda.

Ce qui le fit s'arrêter ce fut le sourire craintif certes mais qui éclatait d'une joie très vive à voir venir le tout-venant, lui, ce soir-là.

Il s'arrêta, lui sourit à son tour. Elle sortit de sa cachette et vint vers lui.

Rien dans sa mise ou son maintien ne disait son état, sauf sa chevelure peut-être qui était en désordre. Mais elle aurait pu courir et il y avait un peu de vent cette nuit-là. Il était fort probable qu'elle avait couru jusque-là, pensa Jean Bedford, justement parce qu'elle avait peur, depuis l'autre bout de ce boulevard désert.

— Je peux vous accompagner si vous avez peur.

Elle ne répondit pas. Il n'insista pas. Il commença à marcher et elle fit de même à son côté avec un évident plaisir, presque flâneuse.

Ce fut lorsqu'ils atteignirent la fin du boulevard, vers la banlieue, que Jean Bedford commença à croire qu'elle n'allait pas dans une direction précise.

Cette conduite intrigua Jean Bedford. Évidemment il pensa à la folie mais ne la retint pas. Ni l'aventure. Elle jouait sans doute. Elle était très jeune.

— Vous allez de quel côté?

Elle fit un effort, regarda de l'autre côté du boulevard, d'où ils venaient, mais ne le désigna pas.

— C'est-à-dire... dit-elle.

Il se mit à rire et elle rit avec lui, aussi, de bon cœur.

— Venez, allons par là.

Docile, elle rebroussa chemin comme lui.

Quand même, son silence l'intriguait de plus en plus. Parce qu'il s'accompagnait d'une curiosité extraordinaire des lieux qu'ils traversaient, fussent-ils d'une complète banalité. On aurait dit non seulement qu'elle venait d'arriver dans cette ville, mais qu'elle y était venue pour y retrouver ou y chercher quelque chose, une maison, un jardin, une rue, un objet même qui aurait été pour elle d'une grande importance et qu'elle ne pouvait trouver que de nuit.

— J'habite très près d'ici, dit Jean Bedford. Si vous cherchez quelque chose, je peux vous renseigner.

Elle répondit avec netteté :

— Rien.

S'il s'arrêtait, elle s'arrêtait aussi. Il s'amusa à le faire. Mais elle ne s'aperçut pas de ce jeu. Il continua. Il s'arrêta une fois assez longtemps : elle l'attendit. Jean Bedford cessa le jeu. Il la laissa faire à sa guise. Tout en ayant l'air de la mener, il la suivit.

Il remarqua qu'en faisant très attention, en lui donnant l'illusion, à chaque tournant, de suivre, elle continuait le mouvement, elle avançait, mais ni plus ni moins que le vent qui s'engouffre là où il trouve du champ.

Il la fit marcher encore un peu, puis il lui vint à l'idée, pour voir un peu, de revenir dans le boulevard où il l'avait trouvée. Elle se braqua tout net lorsqu'ils passèrent devant une certaine maison. Il reconnut le portail, là où elle s'était cachée. La maison était grande. La porte d'entrée était restée ouverte.

C'est alors qu'il lui vint à l'esprit qu'elle était peut-être Lol Stein. Il ne connaissait pas la famille Stein mais il savait que c'était dans ce quartier qu'elle habitait. L'histoire de la jeune fille il la connaissait, comme toute la bourgeoisie de la ville qui allait, dans sa majorité, passer ses vacances à T. Beach.

Il s'arrêta, prit sa main. Elle le laissa faire. Il embrassa cette main, elle avait une odeur fade, de poussière, à son annulaire il y avait une très belle bague de fiançailles. Les journaux avaient annoncé la vente de tous les biens du riche Michael Richardson, et son départ pour Calcutta. La bague éclatait de tous ses feux. Lol la regarda, elle aussi, avec la même curiosité que le reste.

— Vous êtes Mlle Stein, n'est-ce pas?

De la tête elle fit signe plusieurs fois, de façon mal assurée au début puis plus nettement à la fin.

— Oui.

Toujours docile, elle le suivit chez lui.

Là elle se laissa aller à une nonchalance heureuse. Il lui parla. Il lui dit qu'il travaillait dans une usine d'aviation, qu'il était musicien, qu'il venait de passer des vacances en France. Elle écoutait. Qu'il était heureux de la connaître.

— Que désirez-vous?

Elle n'arriva pas à répondre malgré un effort visible. Il la laissa en paix.

Ses cheveux avaient la même odeur que sa main, d'objet inutilisé. Elle était belle mais elle avait, de la tristesse, de la lenteur du sang à remonter sa pente, la grise pâleur. Ses traits commençaient déjà à disparaître dans celle-ci, à s'enliser de nouveau dans la profondeur des chairs. Elle avait rajeuni. On lui aurait donné quinze ans. Même quand je l'ai connue à mon tour, elle était restée maladivement jeune.

Elle s'arracha à la fixité de son regard sur lui, et dans un pleur elle dit, mais implorante :

— J'ai le temps, que c'est long.

Elle se releva vers lui, quelqu'un qui étouffe, qui cherche l'air, et il l'embrassa. C'était ce qu'elle voulait. Elle s'agrippa et embrassa à son tour, à lui faire mal, de même que si elle l'eût aimé, l'inconnu. Il lui dit gentiment :

— Peut-être que tout recommencera entre vous deux.

Elle lui plaisait. Elle provoquait le désir qu'il

aimait des petites filles pas tout à fait grandies, tristes, impudiques, et sans voix. Il lui apprit la nouvelle sans le vouloir.

— Peut-être qu'il reviendra.

Elle chercha les mots, dit lentement :

— Qui est parti ?

— Vous ne saviez pas ? Michael Richardson a vendu ses propriétés. Il est parti aux Indes rejoindre Mme Stretter.

Elle hocha la tête de façon un peu conventionnelle, tristement.

— Vous savez, dit-il, moi je ne leur ai pas donné tort comme les gens.

Il s'excusa, lui dit qu'il allait téléphoner à sa mère. Elle ne s'y opposa pas.

La mère prévenue par Jean Bedford arriva une deuxième fois chercher son enfant pour la ramener chez elle. Ce fut la dernière. Cette fois-là Lol la suivit comme, un moment avant, elle avait suivi Jean Bedford.

Jean Bedford la demanda en mariage sans l'avoir revue.

Leur histoire s'ébruita — S. Tahla n'était pas assez grande pour se taire et avaler l'aventure — on soupçonna Jean Bedford de n'aimer que les femmes au cœur déchiré, on le suspecta aussi, plus gravement, d'avoir d'étranges inclinations pour les jeunes filles délaissées, par d'autres rendues folles.

Sa mère fit part à Lol de la singulière démarche du passant. S'en souvenait-elle? Elle s'en souvenait. Elle acceptait. Jean Bedford, lui dit-elle, devait s'éloigner de S. Tahla, en raison de son travail, pendant quelques années, acceptait-elle aussi? Elle acceptait aussi.

Un jour d'octobre Lol V. Stein se trouva mariée à Jean Bedford.

Le mariage eut lieu dans une intimité relative car Lol allait beaucoup mieux, disait-on, et ses parents voulaient, dans la mesure du possible, faire oublier ses premières fiançailles. Cependant la précaution fut prise de ne prévenir ni inviter aucune des jeunes filles anciennes amies de Lol, même la meilleure d'entre elles, Tatiana Karl. Cette précaution joua de travers. Elle confirma ceux qui croyaient que Lol était profondément atteinte, y compris Tatiana Karl.

Ainsi, Lol fut mariée sans l'avoir voulu, de la façon qui lui convenait, sans passer par la sauvagerie d'un choix, sans avoir à plagier le crime qu'aurait été, aux yeux de quelques-uns, le remplacement par un être unique du partant de T. Beach et surtout sans avoir trahi l'abandon exemplaire dans lequel il l'avait laissée.

Lol quitta S. Tahla, sa ville natale, pendant dix ans. Elle habita U. Bridge.

Elle eut trois enfants dans les années qui suivirent son mariage.

Pendant dix ans, on le croit autour d'elle, elle fut fidèle à Jean Bedford. Que ce mot ait eu un contenu quelconque pour elle, ou non, on ne l'a sans doute jamais su. Il ne fut jamais question entre eux, jamais, ni du passé de Lol ni de la fameuse nuit de T. Beach.

Même après sa guérison, elle ne s'inquiéta jamais de savoir ce qu'il était advenu des gens qu'elle avait connus avant son mariage. La mort de sa mère — elle avait désiré la revoir le moins possible après son mariage — la laissa sans une larme. Mais cette indifférence de Lol ne fut jamais mise en question autour d'elle. Elle était devenue ainsi depuis qu'elle avait tant souffert, disait-on. Elle, si tendre autrefois — on disait cela comme tout le reste, sur son passé devenu de fer-blanc — elle était naturellement devenue impitoyable et même en peu injuste, depuis son histoire avec Michael Richardson. On lui trouva des excuses surtout lorsque sa mère mourut.

Elle paraissait confiante dans le déroulement futur de sa vie, ne vouloir guère changer. En compagnie de son mari on la disait à l'aise, et même heureuse. Parfois elle le suivait dans ses déplacements d'affaires. Elle assistait à ses concerts, l'encourageait à tout ce qu'il aimait faire, à la tromper aussi, disait-on, avec les très jeunes ouvrières de son usine.

Jean Bedford disait aimer sa femme. Telle qu'elle était, qu'elle avait toujours été avant et depuis son mariage, il disait qu'elle lui plaisait toujours, qu'il ne croyait pas l'avoir modifiée mais l'avoir bien choisie. Il aimait cette femme-là, Lola Valerie, cette calme présence à ses côtés, cette dormeuse debout, cet effacement continuel qui le faisait aller et venir entre l'oubli et les retrouvailles de sa blondeur, de ce corps de soie que le réveil jamais ne changeait, de cette virtualité constante et silencieuse qu'il nommait sa douceur, la douceur de sa femme.

Un ordre rigoureux régnait dans la maison de Lol à U. Bridge. Celui-ci était presque tel qu'elle le désirait, presque, dans l'espace et dans le temps. Les heures étaient respectées. Les emplacements de toutes choses, également. On ne pouvait approcher davantage, tous en convenaient autour de Lol, de la perfection.

33

Parfois, surtout en l'absence de Lol, cet ordre immuable devait frapper Jean Bedford. Ce goût aussi, froid, de commande. L'agencement des chambres, du salon était la réplique fidèle de celui des vitrines de magasin, celui du jardin dont Lol s'occupait de celui des autres jardins de U. Bridge. Lol imitait, mais qui? les autres, tous les autres, le plus grand nombre possible d'autres personnes. La maison, l'après-midi, en son absence, ne devenait-elle pas la scène vide où se jouait le soliloque d'une passion absolue dont le sens échappait? Et n'était-il pas inévitable que parfois Jean Bedford y ait peur? Que ce fût là qu'il devait guetter le premier craquement des glaces de l'hiver? Qui sait? Qui sait s'il l'entendit un jour?

Mais il est facile de rassurer Jean Bedford et quand sa femme était présente — c'était la plupart du temps — quand elle se tenait au milieu de son règne, celui-ci devait perdre son agressivité, provoquer moins à se poser des questions. Lol rendait son ordre presque naturel, il lui convenait bien.

Dix ans de mariage passèrent.

On offrit un jour à Jean Bedford de choisir entre plusieurs situations meilleures dans différentes villes dont S. Tahla. Il avait toujours un peu regretté S. Tahla qu'il avait quitté après son mariage, sur la demande de la mère de Lol.

Une même durée de dix ans s'était écoulée depuis le départ définitif de Michael Richardson. Et non seulement Lol n'en avait jamais parlé mais elle devenait toujours plus joyeuse, avec l'âge. Alors, si Jean Bedford hésita un peu à accepter l'offre qu'on lui faisait, Lol eut facilement raison de son indécision. Elle dit seulement qu'elle serait très heureuse de reprendre la maison de ses parents, jusque-là en location.

Jean Bedford lui fit ce plaisir.

Lol V. Stein installa sa maison natale de S. Tahla avec le même soin très strict que celle de U. Bridge. Elle réussit à y introduire le même ordre glacé, à la faire marcher au même rythme horaire. Les meubles ne furent pas changés. Elle s'occupa beaucoup du jardin qui avait été laissé à l'abandon, elle s'était déjà beaucoup occupée de celui qui avait précédé, mais cette fois elle fit, dans son tracé, une erreur. Elle désirait des allées régulièrement disposées en éventail autour du porche. Les allées, dont aucune ne débouchait sur l'autre, ne furent pas utilisables. Jean Bedford s'amusa de cet oubli. On fit d'autres allées latérales qui coupèrent les premières et qui permirent logiquement la promenade.

La situation de son mari s'étant bien améliorée, Lol, à S. Tahla, prit une gouvernante et se trouva déchargée du soin des enfants.

Elle eut du temps libre, beaucoup, soudain, et

35

elle prit l'habitude de se promener dans la ville de son enfance et dans ses alentours.

Alors qu'à U. Bridge, pendant dix ans, Lol était si peu sortie, si peu que son mari, parfois, l'y obligeait pour sa santé, à S. Tahla elle prit cette habitude d'elle-même.

D'abord, elle sortit de temps en temps, pour faire des achats. Puis elle sortit sans prétexte, régulièrement, chaque jour.

Ces promenades lui devinrent très vite indispensables comme tout chez elle l'était devenu jusque-là : la ponctualité, l'ordre, le sommeil.

Aplanir le terrain, le défoncer, ouvrir des tombeaux où Lol fait la morte, me paraît plus juste, du moment qu'il faut inventer les chaînons qui me manquent dans l'histoire de Lol V. Stein, que de fabriquer des montagnes, d'édifier des obstacles, des accidents. Et je crois, connaissant cette femme, qu'elle aurait préféré que je remédie dans ce sens à la pénurie des faits de sa vie. D'ailleurs c'est toujours à partir d'hypothèses non gratuites et qui ont déjà, à mon avis, reçu un début de confirmation, que je le fais.

Ainsi, si, de ce qui suit, Lol n'a parlé à personne, la gouvernante se souvient, elle, un peu : du calme de la rue certains jours, du passage des amants, du mouvement de retrait de Lol — il n'y avait pas longtemps qu'elle était chez les Bedford et elle ne l'avait jamais vue encore agir ainsi. Alors, comme moi, de mon côté, je crois me souvenir aussi de quelque chose, je continue :

Une fois sa maison installée — il ne restait plus

qu'une chambre du deuxième étage à meubler — l'après-midi d'un jour gris une femme était passée devant la maison de Lol et elle l'avait remarquée. Cette femme n'était pas seule. L'homme qui était avec elle avait tourné la tête et il avait regardé la maison fraîchement repeinte, le petit parc où travaillaient des jardiniers. Dès que Lol avait vu poindre le couple dans la rue, elle s'était dissimulée derrière une haie et ils ne l'avaient pas vue. La femme avait regardé à son tour, mais de façon moins insistante que l'homme, comme quelqu'un qui connaît déjà. Ils s'étaient dit quelques mots que Lol n'avait pas entendus malgré le calme de la rue, sauf ceux-ci, isolément, dits par la femme :

— Morte peut-être.

Une fois le parc dépassé ils s'étaient arrêtés. Il avait pris la femme dans ses bras et il l'avait embrassée furtivement très fort. Le bruit d'une auto l'avait fait la lâcher. Ils s'étaient quittés. Lui avait rebroussé chemin et, d'un pas plus rapide, il était repassé devant la maison sans regarder.

Lol, dans son jardin, n'est pas sûre d'avoir reconnu la femme. Des ressemblances flottent autour de ce visage. Autour de cette démarche, du regard aussi. Mais le baiser coupable, délicieux, qu'ils se sont donné en se quittant, surpris par Lol, n'affleure-t-il pas lui aussi un peu à sa mémoire?

Elle ne cherche pas plus avant qui elle a ou non revu. Elle attend.

C'est peu de temps après qu'elle invente — elle qui paraissait n'inventer rien — de sortir dans les rues.

La relation entre ces sorties et le passage du couple, je ne la vois pas tant dans la ressemblance entr'aperçue par Lol, de la femme, que dans les mots que celle-ci a dits négligemment et que Lol, c'est probable, a entendus.

Lol bougea, elle se retourna dans son sommeil. Lol sortit dans les rues, elle apprit à marcher au hasard.

Une fois sortie de chez elle, dès qu'elle atteignait la rue, dès qu'elle se mettait en marche, la promenade la captivait complètement, la délivrait de vouloir être ou faire plus encore que jusque-là l'immobilité du songe. Les rues portèrent Lol V. Stein durant ses promenades, je le sais.

Je l'ai suivie à plusieurs reprises sans que jamais elle ne me surprenne, ne se retourne happée par-devant elle, droit.

Un accident insignifiant, et qu'elle n'aurait peut-être même pas pu mentionner, déterminait ses détours : le vide d'une rue, la courbe d'une autre rue, un magasin de modes, la tristesse rectiligne d'un boulevard, l'amour, les couples enlacés aux angles des jardins, sous les porches. Elle passait alors dans un silence religieux. Parfois les amoureux surpris, ils ne la voyaient jamais venir, sursautaient. Elle devait s'excuser mais à voix si basse que personne n'avait jamais dû entendre ses excuses.

Le centre de S. Tahla est étendu, moderne, à rues perpendiculaires. Le quartier résidentiel est à l'ouest de ce centre, large, il prend ses aises, plein de méandres, d'impasses imprévues. Il y a une forêt et des champs, des routes, après ce quartier. Lol n'est jamais allée aussi loin que la forêt de ce côté-là de S. Tahla. De l'autre côté elle est allée partout, c'est là que se trouve sa maison, enclavée dans le grand faubourg industriel.

S. Tahla est une ville assez grande, assez peuplée pour que Lol ait eu l'assurance, tandis qu'elle les faisait, que ses promenades devaient passer inaperçues. D'autant plus qu'elle n'avait pas de quartier de prédilection, elle allait partout, elle ne repassait que peu souvent aux mêmes endroits.

Rien d'ailleurs dans les vêtements, dans la conduite de Lol ne pouvait la signaler à une attention plus précise. La seule chose qui eût pu le faire c'était son personnage lui-même, Lola Stein, la jeune fille abandonnée du casino de T. Beach qui était née et qui avait grandi à S. Tahla. Mais si quelques-uns reconnurent en elle cette jeune fille, victime de l'inconduite monstrueuse de Michael Richardson, qui aurait eu la malveillance, l'indélicatesse de le lui rappeler? Qui aurait dit :

— Je me trompe peut-être, mais n'êtes-vous pas Lola Stein?

Au contraire.

Si le bruit avait couru que les Bedford étaient revenus à S. Tahla et si quelques-uns en avaient eu la confirmation en voyant passer la jeune femme, personne n'était allé vers elle. On jugeait sans doute qu'elle avait fait un pas énorme en revenant et qu'elle méritait la paix.

Je ne crois pas qu'il vint à l'esprit de Lol qu'on évitait de la reconnaître pour ne pas se mettre dans la situation gênante de lui rappeler une peine ancienne, une difficulté de sa vie passée, du moment qu'elle, elle n'allait vers personne et paraissait manifester ainsi le désir d'oublier.

Non, Lol dut s'approprier le mérite de son incognito à S. Tahla, le considérer comme une épreuve à laquelle chaque jour elle se soumettait et de laquelle elle sortait chaque jour victorieuse. Elle devait toujours se rassurer davantage après ses promenades : si elle le voulait on la voyait très peu, à peine. Elle se croit coulée dans une identité de nature indécise qui pourrait se nommer de noms indéfiniment différents, et dont la visibilité dépend d'elle.

L'installation définitive du couple, son assise, sa belle maison, son aisance, les enfants, la calme régularité de la marche de Lol, la rigueur de son manteau gris, ses robes sombres au goût du jour ne prouvaient-ils pas qu'elle était sortie à tout jamais d'une crise douloureuse? Je ne sais pas. Mais le fait est là : personne ne l'a abordée pendant ces semaines d'errance bienheureuse à travers la ville, personne.

Elle, reconnut-elle quelqu'un à S. Tahla? A part, mal, cette femme devant chez elle, ce jour gris? Je ne crois pas.

J'ai vu, en la suivant — posté caché face à elle — qu'elle souriait parfois à certains visages, ou du moins on aurait pu le croire. Mais le sourire captif de Lol, la suffisance immuable de son sourire a fait qu'on n'est pas allé plus loin qu'en souriant soi-même. Elle avait l'air de se moquer d'elle et de l'autre, un peu gênée mais amusée de se trouver de l'autre côté du large fleuve qui la séparait de ceux de S. Tahla, du côté où ils n'étaient pas.

Ainsi Lol V. Stein s'est-elle retrouvée dans S. Tahla, sa ville natale, cette ville qu'elle connaissait par cœur, sans disposer de rien, d'aucun signe qui témoigne de cette connaissance à ses propres yeux. Elle reconnaissait S. Tahla, la reconnaissait sans cesse et pour l'avoir connue bien avant, et pour l'avoir connue la veille, mais sans preuves à l'appui renvoyée par S. Tahla, chaque fois, balle dont l'impact eût toujours été le même; elle seule, elle commença à reconnaître moins, puis différemment, elle commença à retourner jour après jour, pas à pas vers son ignorance de S. Tahla.

Cet endroit du monde où on croit qu'elle a vécu sa douleur passée, cette prétendue douleur,

s'efface peu à peu de sa mémoire dans sa maté-
rialité. Pourquoi ces lieux plutôt que d'autres ?
En quelque point qu'elle s'y trouve Lol y est
comme une première fois. De la distance inva-
riable du souvenir elle ne dispose plus : elle est
là. Sa présence fait la ville pure, méconnaissable.
Elle commence à marcher dans le palais fastueux
de l'oubli de S. Tahla.

Quand elle revenait dans sa maison — Jean
Bedford en a témoigné auprès de Tatiana Karl —,
qu'elle reprenait place dans l'ordre qu'elle y avait
mis, elle était joyeuse, aussi peu fatiguée qu'à son
lever, elle supportait mieux ses enfants, elle s'ef-
façait encore davantage devant leur volonté, prenait même sur elle, contre les domestiques, d'as-
surer leur indépendance vis-à-vis d'elle, de protéger leurs bêtises ; leurs insolences à son égard, elle
les excusait comme toujours ; les petits retards
qu'elle n'aurait pas pu le matin même constater
sans souffrir, les petites irrégularités des heures,
les petites erreurs dans l'échafaudage de son
ordre, elle les remarquait à peine après ses promenades. D'ailleurs, elle commença à parler de
cet ordre à son mari.

Elle lui dit un jour que peut-être il avait raison,
cet ordre n'était peut-être pas celui qu'il fallait
— elle ne dit pas pourquoi, — il était possible
qu'elle en change, un peu plus tard. Quand ? Plus
tard. Lol ne précisa pas.

Elle disait chaque jour, comme si c'était la première fois, qu'elle s'était promenée là ou là, dans quel quartier, mais elle ne signalait jamais le moindre incident auquel elle aurait assisté. Jean Bedford trouvait naturelle la réserve de sa femme sur ses promenades. Du moment que cette réserve couvrait toute la conduite de Lol, toutes ses activités. Ses avis étaient rares, ses récits, inexistants. Le contentement de Lol, toujours plus grand, ne prouvait-il pas qu'elle ne trouvait rien d'amer ni de triste à la ville de sa jeunesse ? Le principal était là, devait penser Jean Bedford.

Lol ne parlait jamais d'achats qu'elle aurait pu faire. Elle n'en faisait jamais durant ses promenades à S. Tahla. Ni du temps.

Lorsqu'il pleuvait on savait autour d'elle que Lol guettait les éclaircies derrière les fenêtres de sa chambre. Je crois qu'elle devait trouver là, dans la monotonie de la pluie, cet ailleurs, uniforme, fade et sublime, plus adorable à son âme qu'aucun autre moment de sa vie présente, cet ailleurs qu'elle cherchait depuis son retour à S. Tahla.

Elle consacrait ses matinées entières à sa maison, à ses enfants, à la célébration de cet ordre si rigoureux qu'elle seule avait la force et le savoir de faire régner, mais quand il pleuvait trop pour sortir, elle ne s'occupait à rien. Cette fébrilité ménagère, elle s'efforçait de ne pas trop le montrer, se dissipait tout à fait à l'heure où elle sortait, ou aurait dû sortir même si la matinée avait été difficile.

Qu'avait-elle fait à ces heures-là pendant les dix années qui avaient précédé? Je le lui ai demandé. Elle n'a pas su bien me dire quoi. A ces mêmes heures ne s'occupait-elle à rien à U. Bridge? A rien. Mais encore? Elle ne savait dire comment, rien. Derrière des vitres? Peut-être, aussi, oui. Mais aussi.

Ce que je crois :

Des pensées, un fourmillement, toutes également frappées de stérilité une fois la promenade terminée — aucune de ces pensées jamais n'a passé la porte de sa maison — viennent à Lol V. Stein pendant qu'elle marche. On dirait que c'est le déplacement machinal de son corps qui les fait se lever toutes ensemble dans un mouvement désordonné, confus, généreux. Lol les reçoit avec plaisir et dans un égal étonnement. De l'air s'engouffre dans sa maison, la dérange, elle en est chassée. Les pensées arrivent.

Pensées naissantes et renaissantes, quotidiennes, toujours les mêmes qui viennent dans la bousculade, prennent vie et respirent dans un univers disponible aux confins vides et dont une, une seule, arrive avec le temps, à la fin, à se lire et à se voir un peu mieux que les autres, à presser Lol un peu plus que les autres de la retenir enfin.

Le bal tremblait au loin, ancien, seule épave d'un océan maintenant tranquille, dans la pluie, à S. Tahla. Tatiana, plus tard, quand je le lui ai dit, a partagé mon avis.

— Ainsi c'était pour ça qu'elle se promenait, pour mieux penser au bal.

Le bal reprend un peu de vie, frémit, s'accroche à Lol. Elle le réchauffe, le protège, le nourrit, il grandit, sort de ses plis, s'étire, un jour il est prêt.

Elle y entre.

Elle y entre chaque jour.

La lumière des après-midi de cet été-là Lol ne la voit pas. Elle, elle pénètre dans la lumière artificielle, prestigieuse, du bal de T. Beach. Et dans cette enceinte largement ouverte à son seul regard, elle recommence le passé, elle l'ordonne, sa véritable demeure, elle la range.

Une vicieuse, dit Tatiana, elle devait toujours penser à la même chose. Je pense comme Tatiana.

Je connais Lol V. Stein de la seule façon que je puisse, d'amour. C'est en raison de cette connaissance que je suis arrivé à croire ceci : dans les multiples aspects du bal de T. Beach, c'est la fin qui retient Lol. C'est l'instant précis de sa fin, quand l'aurore arrive avec une brutalité inouïe et la sépare du couple que formaient Michael Richardson et Anne-Marie Stretter, pour toujours, toujours. Lol progresse chaque jour dans la reconstitution de cet instant. Elle arrive même à capter un peu de sa foudroyante rapidité, à l'étaler, à en grillager les secondes dans une immobilité d'une extrême fragilité mais qui est pour elle d'une grâce infinie.

Elle se promène encore. Elle voit de plus en

plus précisément, clairement ce qu'elle veut voir.
Ce qu'elle rebâtit c'est la fin du monde.

Elle se voit, et c'est là sa pensée véritable, à la
même place, dans cette fin, toujours, au centre
d'une triangulation dont l'aurore et eux deux
sont les termes éternels : elle vient d'apercevoir
cette aurore alors qu'eux ne l'ont pas encore
remarquée. Elle, sait, eux pas encore. Elle est
impuissante à les empêcher de savoir. Et cela
recommence :

A cet instant précis une chose, mais laquelle?
aurait dû être tentée qui ne l'a pas été. A cet instant précis Lol se tient, déchirée, sans voix pour
appeler à l'aide, sans argument, sans la preuve
de l'inimportance du jour en face de cette nuit,
arrachée et portée de l'aurore à leur couple dans
un affolement régulier et vain de tout son être.
Elle n'est pas Dieu, elle n'est personne.

Elle sourit, certes, à cette minute pensée de sa
vie. La naïveté d'une éventuelle douleur ou même
d'une tristesse quelconque s'en est détachée. Il ne
reste de cette minute que son temps pur, d'une
blancheur d'os.

Et cela recommence *espace fermé* : les fenêtres fermées, scel-
lées, le bal muré dans sa lumière nocturne les
aurait contenus tous les trois et eux seuls. Lol en
est sûre : ensemble ils auraient été sauvés de la
venue d'un autre jour, d'un autre, au moins.

Que se serait-il passé? Lol ne va pas loin dans
l'inconnu sur lequel s'ouvre cet instant. Elle ne

dispose d'aucun souvenir même imaginaire, elle n'a aucune idée sur cet inconnu. Mais ce qu'elle croit, c'est qu'elle devait y pénétrer, que c'était ce qu'il lui fallait faire, que ç'aurait été pour toujours, pour sa tête et pour son corps, leur plus grande douleur et leur plus grande joie confondues jusque dans leur définition devenue unique mais innommable faute d'un mot. J'aime à croire, comme je l'aime, que si Lol est silencieuse dans la vie c'est qu'elle a cru, l'espace d'un éclair, que ce mot pouvait exister. Faute de son existence, elle se tait. Ç'aurait été un mot-absence, un mot-trou, creusé en son centre d'un trou, de ce trou où tous les autres mots auraient été enterrés. On n'aurait pas pu le dire mais on aurait pu le faire résonner. Immense, sans fin, un gong vide, il aurait retenu ceux qui voulaient partir, il les aurait convaincus de l'impossible, il les aurait assourdis à tout autre vocable que lui-même, en une fois il les aurait nommés, eux, l'avenir et l'instant. Manquant, ce mot, il gâche tous les autres, les contamine, c'est aussi le chien mort de la plage en plein midi, ce trou de chair. Comment ont-ils été trouvés les autres? Au décrochez-moi-ça de quelles aventures parallèles à celle de Lol V. Stein étouffées dans l'œuf, piétinées et des massacres, oh! qu'il y en a, que d'inachèvements sanglants le long des horizons, amoncelés, et parmi eux, ce mot, qui n'existe pas, pourtant est là : il vous attend au tournant du langage, il vous défie, il n'a jamais servi, de le soulever, de le faire surgir hors de son royaume percé de toutes parts à travers lequel s'écoulent la mer, le sable, l'éternité du bal dans le cinéma de Lol V. Stein.

Ils avaient regardé le passage des violons, étonnés.

Il aurait fallu murer le bal, en faire ce navire de lumière sur lequel chaque après-midi Lol s'embarque mais qui reste là, dans ce port impossible, à jamais amarré et prêt à quitter, avec ses trois passagers, tout cet avenir-ci dans lequel Lol V. Stein maintenant se tient. Certaines fois, il a aux yeux de Lol le même élan qu'au premier jour, la même force fabuleuse.

Mais Lol n'est encore ni Dieu ni personne.

Il l'aurait dévêtue de sa robe noire avec lenteur et le temps qu'il l'eût fait une grande étape du voyage aurait été franchie.

J'ai vu Lol dévêtue, inconsolable encore, inconsolable.

Il n'est pas pensable pour Lol qu'elle soit absente de l'endroit où ce geste a eu lieu. Ce geste n'aurait pas eu lieu sans elle : elle est avec lui chair à chair, forme à forme, les yeux scellés à son cadavre. Elle est née pour le voir. D'autres sont nés pour mourir. Ce geste sans elle pour le voir, il meurt de soif, il s'effrite, il tombe, Lol est en cendres.

Le corps long et maigre de l'autre femme serait apparu peu à peu. Et dans une progression rigoureusement parallèle et inverse, Lol aurait été remplacée par elle auprès de l'homme de T. Beach. Remplacée par cette femme, au souffle près. Lol retient ce souffle : à mesure que le corps de la femme apparaît à cet homme, le sien s'efface, s'efface, volupté, du monde.

— Toi. Toi seule.

Cet arrachement très ralenti de la robe de Anne-Marie Stretter, cet anéantissement de velours de sa propre personne, Lol n'a jamais réussi à le mener à son terme.

Ce qui s'est passé entre eux, après le bal en dehors de sa présence, je crois que Lol n'y pense jamais. Qu'il soit parti pour toujours si elle y pensait, après leur séparation, malgré elle, resterait un bon signe en sa faveur, la confirmerait dans l'idée qu'elle avait toujours eue de lui qu'il ne vivrait de bonheur véritable que celui de la brièveté d'un amour sans retour, avec courage, rien de plus. Michael Richardson avait été aimé en son temps d'un amour trop grand, rien de plus.

Lol ne pense plus à cet amour. Jamais. Il est mort jusqu'à son odeur d'amour mort.

L'homme de T. Beach n'a plus qu'une tâche à accomplir, toujours la même dans l'univers de Lol : Michael Richardson, chaque après-midi, commence à dévêtir une autre femme que Lol et lorsque d'autres seins apparaissent, blancs, sous le fourreau noir, il en reste là; ébloui, un Dieu lassé par cette mise à nu, sa tâche unique, et Lol attend vainement qu'il la reprenne, de son corps infirme de l'autre elle crie, elle attend en vain, elle crie en vain.

Puis un jour ce corps infirme remue dans le ventre de Dieu.

Dès que Lol le vit, elle le reconnut. C'était celui qui était passé devant chez elle il y avait quelques semaines.

Il était seul ce jour-là.

Il sortait d'un cinéma du centre. Alors que le monde se pressait dans le couloir, lui prenait son temps. Arrivé sur le trottoir il cligna des yeux dans la lumière, s'attarda à regarder autour de lui, ne vit pas Lol V. Stein, sa veste qu'il portait d'une main sur l'épaule, il la ramena vers lui dans un mouvement du bras, il la lança légèrement en l'air, puis il l'enfila, prenant encore son temps.

Ressemblait-il à son fiancé de T. Beach ? Non, il ne lui ressemblait en rien. Avait-il quelque chose dans les manières de cet amant disparu ? Sans doute, oui, dans les regards qu'il avait pour les femmes. Il devait courir, celui-là aussi, après toutes les femmes, ne supporter qu'avec elles ce corps difficile, qui pourtant réclamait encore ; à chaque regard. Oui, il y avait en lui, décida Lol, il sortait de lui, ce premier regard de Michael Richardson, celui que Lol avait connu avant le bal.

Il n'était pas aussi jeune qu'il avait paru à Lol la première fois. Mais peut-être se trompait-elle. Elle trouva sans doute qu'il devait être impatient, peut-être facilement cruel.

Il scruta le boulevard, aux abords du cinéma. Lol l'avait contourné.

Derrière lui, dans son manteau gris, Lol arrêtée attend qu'il se décide à s'en aller.

Je vois ceci :

La chaleur d'un été qu'elle a distraitement subie jusqu'à ce jour éclate et se répand. Lol en est submergée. Tout l'est, la rue, la ville, cet inconnu. Quelle chaleur, quelle est cette fatigue ? Ce n'est pas la première fois. Depuis quelques semaines elle voudrait parfois comme d'un lit, là, pour y allonger ce corps lourd, plombé, difficile à mouvoir, cette maturité ingrate et tendre, tout au bord de sa chute sur une terre sourde et dévoreuse. Ah quel est ce corps tout à coup dont elle se sent pourvue ? Où est-il celui d'alouette infatigable qu'elle avait porté jusqu'à ces temps-ci ?

Il se décida : ce fut vers le haut du boulevard qu'il se dirigea. Hésita-t-il ? Oui. Il regarda sa montre et se décida pour cette direction. Lol savait-elle déjà nommer celle qu'il allait rencontrer ? Pas tout à fait encore. Elle ignore que c'est elle qu'elle a suivie à travers cet homme de S. Tahla. Et pourtant cette femme n'est déjà plus seulement celle entrevue devant son jardin, je crois que déjà elle est davantage pour Lol.

S'il avait un endroit précis où se rendre à une certaine heure, il disposait d'un certain temps entre cette heure et ce moment-ci tout juste présent. Alors il l'employait ainsi, à se diriger plutôt là qu'ailleurs, dans le vague espoir, qui jamais ne le quittait, croyait Lol, d'en rencontrer une autre encore, de la suivre, d'oublier celle qu'il allait retrouver. Ce temps, il l'employait de façon divine pour Lol.

Il marchait d'un pas égal, près des vitrines. Ce n'est pas le premier depuis quelques semaines qui marche ainsi. Sur les femmes seules et belles, il se retournait, s'arrêtait parfois, vulgaire. Lol sursautait à chaque fois comme s'il l'avait fait sur elle.

Sur une plage, dans sa grande jeunesse, elle avait déjà vu une conduite semblable à celle de bien des hommes de S. Tahla. Se souvient-elle en avoir souffert tout à coup? En sourit-elle? Il est probable que ces balbutiements de sa jeunesse se situent dorénavant dans une mémoire douce et heureuse de Lol. Maintenant elle voit les regards de ceux-ci s'adresser à elle en secret, dans une équivalence certaine. Elle qui ne se voit pas, on la voit ainsi, dans les autres. C'est là la toute-puissance de cette matière dont elle est faite, sans port d'attache singulier.

Ils marchent sur une plage, pour elle. Ils ne savent pas. Elle le suit sans mal. Son pas est large, il laisse le haut de son corps presque tout à fait immobile, retenu. Il ne savait pas.

C'était un jour de semaine. Il y avait peu de monde. La pleine période des vacances approchait.

Je vois ceci :

Prudente, calculeuse, elle marche assez loin derrière lui. Lorsqu'il suit des yeux une autre femme, elle baisse la tête ou se retourne légèrement. Ce qu'il peut voir peut-être, ce manteau gris, ce béret noir, rien d'autre, n'est pas dangereux. Lorsqu'il s'arrête devant une vitrine ou autre chose, elle ralentit pour ne pas avoir à s'arrêter en même temps que lui. S'ils la voyaient, les hommes de S. Tahla, Lol s'enfuirait.

Elle désire suivre. Suivre puis surprendre, menacer de surprise. Cela depuis quelque temps. Si elle désire être surprise à son tour, elle ne veut pas que ce soit avant qu'elle l'ait décidé.

Le boulevard monte légèrement vers une place qu'ils atteignirent ensemble. De là partent trois autres boulevards vers la banlieue. La forêt est de ce côté-ci. Cris des enfants.

Il prit celui qui s'éloigne le plus de cette forêt : un boulevard droit, récemment tracé, où le trafic est plus important que dans les autres, la sortie la plus rapide de la ville. Il pressa le pas. L'heure passait. La marge de temps dont il disposait avant son rendez-vous, dont ils disposaient donc tous les deux, Lol et lui, diminuait toujours.

Ce temps il l'employait donc de façon parfaite aux yeux de Lol, à chercher. Il le perdait bien, il marchait, marchait. Chacun de ses pas s'ajoute en Lol, frappe, frappe juste, au même endroit, le clou de chair. Depuis quelques jours, quelques semaines, les pas des hommes de S. Tahla frappent de même.

J'invente, je vois :

Elle ne ressent l'étouffement de l'été que lorsqu'il fait un geste supplémentaire à cette marche, quand il se passe la main dans les cheveux, quand il allume une cigarette, et surtout lorsqu'il regarde passer une femme. Alors Lol croit qu'elle n'a plus la force de suivre, tandis qu'elle continue à le faire, cet homme entre ceux de S. Tahla.

Lol savait où menait ce boulevard une fois dépassées les quelques villas de la place, une fois dépassé aussi un îlot populaire, détaché du corps de la ville, où il y a un cinéma, quelques bars.

J'invente :

A cette distance il ne peut même pas entendre son pas sur le trottoir.

Elle a ses chaussures plates et silencieuses qu'elle met pour se promener. Pourtant elle prend une précaution supplémentaire, enlève son béret.

Lorsqu'il s'arrête sur la place à laquelle aboutit le boulevard, elle enlève son manteau gris. Elle est en bleu marine, une femme qu'il ne voit toujours pas.

Il s'arrêta près d'un arrêt de cars. Il y avait beaucoup de monde, bien plus que dans la ville.

Lol alors fait le tour de la place et se poste près de l'arrêt inverse des cars.

Déjà le soleil avait disparu et rasait la cime des toits.

Il alluma une cigarette, fit quelques pas en long et en large de part et d'autre du panonceau. Il regarda sa montre, vit que ce n'était pas tout à fait l'heure, attendit, Lol trouvait qu'il avait les yeux partout autour de lui.

Des femmes étaient là, en vrac, qui attendaient le car, qui traversaient la place, qui passaient. Aucune ne lui échappait, inventait Lol, aucune qui aurait pu être éventuellement à sa convenance ou à la rigueur à la convenance d'un autre que lui, pourquoi pas. Il fouinait les robes, croyait Lol, respirait bien, là, dans la foule, avant ce rendez-vous dont il avait déjà l'avant-goût sous la main, prenant, imaginant avoir pendant quelques secondes, puis rejetant, les femmes, en deuil de toutes, de chacune, d'une seule, de celle-là qui n'existait pas encore mais qui aurait pu lui faire manquer à la dernière minute celle-ci entre mille qui allait arriver, arriver vers Lol V. Stein et que Lol V. Stein attendait avec lui.

Elle arriva en effet, elle descendit d'un car bondé de gens qui rentraient chez eux avec le soir.

Dès qu'elle se dirige vers lui, dans ce déhanchement circulaire, très lent, très doux, qui la fait à tout moment de sa marche l'objet d'une flatterie caressante, secrète, et sans fin, d'elle-même à elle-même, aussitôt vue la masse noire de cette chevelure vaporeuse et sèche sous laquelle le très petit visage triangulaire, blanc, est envahi par des yeux immenses, très clairs, d'une gravité désolée par le remords ineffable d'être porteuse de ce corps d'adultère, Lol s'avoue avoir reconnu Tatiana Karl. Alors, seulement, croit-elle, depuis des semaines qu'il flottait, çà et là, loin, le nom est là : Tatiana Karl.

Elle était vêtue discrètement d'un tailleur de sport noir. Mais sa chevelure était très soignée, piquée d'une fleur grise, relevée par des peignes d'or, elle avait mis tout son soin à en fixer la fragile coiffure, un long et épais bandeau noir qui, au passage près du visage, bordait le regard clair, le faisait plus vaste, encore plus navré, et ceci qui aurait dû n'être touché que par le seul regard, qu'on ne pouvait sans détruire laisser au vent, elle avait dû — Lol le devine — l'avoir emprisonné dans une voilette sombre, pour que le moment venu il soit le seul à en entamer et à en détruire l'admirable facilité, un seul geste et elle baignerait alors dans la retombée de sa chevelure, dont Lol se souvient tout à coup et qu'elle revoit lumineusement juxtaposée à celle-ci. On en disait alors qu'elle serait obligée un jour ou l'autre de la couper, cette chevelure, elle la fatiguait, elle risquait de courber ses épaules par son poids, de la défigurer par sa masse trop importante pour ses yeux si grands, pour son visage si petit de peau et d'os. Tatiana Karl n'a pas coupé ses cheveux, elle a tenu la gageure d'en avoir trop.

Était-elle ainsi Tatiana, ce jour-là? Ou un peu ou tout à fait autrement? Il lui arrivait aussi d'avoir les cheveux dénoués dans le dos, de porter des robes claires. Je ne sais plus.

Ils échangèrent quelques mots et ils s'en allèrent par ce même boulevard, au-delà du faubourg.

Ils marchaient à un pas l'un de l'autre. Ils parlaient à peine.

Je crois voir ce qu'a dû voir Lol V. Stein :

Il y a entre eux une entente saisissante qui ne

vient pas d'une connaissance mutuelle mais justement, au contraire, du dédain de celle-ci. Ils ont la même expression de consternation silencieuse, d'effroi, d'indifférence profonde. Ils vont plus vite en approchant. Lol V. Stein guette, les couve, les fabrique, ces amants. Leur allure ne la trompe pas, elle. Ils ne s'aiment pas. Qu'est-ce à dire pour elle ? D'autres le diraient du moins. Elle, différemment, mais elle ne parle pas. D'autres liens les tiennent dans une emprise qui n'est pas celle du sentiment, ni celle du bonheur, il s'agit d'autre chose qui ne prodigue ni peine ni joie. Ils ne sont ni heureux ni malheureux. Leur union est faite d'insensibilité, d'une manière qui est générale et qu'ils appréhendent momentanément, toute préférence en est bannie. Ils sont ensemble, des trains qui se croisent de très près, autour d'eux le paysage charnel et végétal est pareil, ils le voient, ils ne sont pas seuls. On peut pactiser avec eux. Par des voies contraires ils sont arrivés au même résultat que Lol V. Stein, eux, à force de faire, de dire, d'essayer, de se tromper, de s'en aller et de revenir, de mentir, de perdre, de gagner, d'avancer, de revenir encore, et elle, Lol, à force de rien.

Une place est à prendre, qu'elle n'a pas réussi à avoir à T. Beach, il y a dix ans. Où ? Elle ne vaut pas cette place d'opéra de T. Beach. Laquelle ? Il faudra bien se contenter de celle-ci pour arriver enfin à se frayer un passage, à avancer un peu plus vers cette rive lointaine où ils habitent, les autres. Vers quoi? Quelle est cette rive?

La bâtisse longue, étroite, a dû être autrefois soit une caserne, soit un bâtiment administratif quelconque. Une partie sert d'entrepôts aux cars. L'autre, c'est l'Hôtel des Bois, de mauvaise réputation mais qui est le seul où les couples de la ville peuvent aller en toute sécurité. Le boulevard s'appelle le boulevard des Bois dont cet hôtel est le dernier numéro. Sur sa façade, il y a une rangée d'aulnes très vieux dont quelques-uns manquent. Derrière s'étend un grand champ de seigle, lisse, sans arbres.

Il y a encore du soleil dans cette campagne plate, dans ces champs.

Lol connaît cet hôtel pour y être allée dans sa jeunesse avec Michael Richardson. Elle est sans doute arrivée jusque-là, quelquefois, durant ses promenades. C'était là que Michael Richardson lui avait fait son serment d'amour. Le souvenir de l'après-midi d'hiver s'est englouti lui aussi dans l'ignorance, dans la lente, quotidienne glaciation de S. Tahla sous ses pas.

C'est une jeune fille de S. Tahla qui, à cet endroit, a commencé à se parer — cela devait durer des mois — pour le bal de T. Beach. C'est de là qu'elle est partie pour ce bal.

Dans le boulevard des Bois, Lol perd un peu de temps. Ce n'est pas la peine de les suivre de près du moment qu'elle sait où ils vont. Courir le risque d'être reconnue par Tatiana Karl est le pis qui soit à craindre.

Quand elle arrive à l'hôtel ils sont déjà en haut.

Lol, sur la route, attend. Le soleil se couche. Le crépuscule arrive, rougissant, sans doute triste. Lol attend.

Lol V. Stein est derrière l'Hôtel des Bois, postée à l'angle du bâtiment. Le temps passe. Elle ne sait pas si ce sont encore les chambres qui donnent sur le champ de seigle qu'on loue à l'heure. Ce champ, à quelques mètres d'elle, plonge, plonge de plus en plus dans une ombre verte et laiteuse.

Une fenêtre s'éclaire au deuxième étage de l'Hôtel des Bois. Oui. Ce sont les mêmes chambres que de son temps.

Je vois comment elle y arrive. Très vite, elle gagne le champ de seigle, s'y laisse glisser, s'y trouve assise, s'y allonge. Devant elle il y a cette fenêtre éclairée. Mais Lol est loin de sa lumière.

L'idée de ce qu'elle fait ne la traverse pas. Je crois encore que c'est la première fois, qu'elle est là sans idée d'y être, que si on la questionnait elle dirait qu'elle s'y repose. De la fatigue d'être arrivée là. De celle qui va suivre. D'avoir à en repartir. Vivante, mourante, elle respire profondément, ce soir l'air est de miel, d'une épuisante suavité. Elle ne se demande pas d'où lui vient la faiblesse merveilleuse qui l'a couchée dans ce champ. Elle la laisse agir, la remplir jusqu'à la suffocation, la bercer rudement, impitoyablement jusqu'au sommeil de Lol V. Stein.

Le seigle crisse sous ses reins. Jeune seigle du début d'été. Les yeux rivés à la fenêtre éclairée, une femme entend le vide — se nourrir, dévorer ce spectacle inexistant, invisible, la lumière d'une chambre où d'autres sont.

De loin, avec des doigts de fée, le souvenir d'une certaine mémoire passe. Elle frôle Lol peu après qu'elle s'est allongée dans le champ, elle lui montre à cette heure tardive du soir, dans le champ de seigle, cette femme qui regarde une petite fenêtre rectangulaire, une scène étroite, bornée comme une pierre, où aucun personnage encore ne s'est montré. Et peut-être Lol a-t-elle peur, mais si peu, de l'éventualité d'une séparation encore plus grande d'avec les autres. Elle sait quand même que certains lutteraient — elle hier encore — qu'ils retourneraient chez eux en courant dès qu'un reste de raison les ferait se surprendre dans ce champ. Mais c'est la dernière peur apprise de Lol, celle que d'autres auraient à sa place, ce soir. Eux l'emprisonneraient dans leur sein, avec courage. Mais elle, tout au contraire, la chérit, l'apprivoise, la caresse de ses mains sur le seigle.

L'horizon, de l'autre côté de l'hôtel, a perdu toute couleur. La nuit vient.

L'ombre de l'homme passe à travers le rectangle de lumière. Une première fois, puis une deuxième fois, en sens inverse.

La lumière se modifie, elle devient plus forte. Elle ne vient plus du fond, à gauche de la fenêtre, mais du plafond.

Tatiana Karl, à son tour, nue dans sa chevelure noire, traverse la scène de lumière, lentement. C'est peut-être dans le rectangle de vision de Lol qu'elle s'arrête. Elle se tourne vers le fond où l'homme doit être.

La fenêtre est petite et Lol ne doit voir des amants que le buste coupé à la hauteur du ventre. Ainsi ne voit-elle pas la fin de la chevelure de Tatiana.

A cette distance, quand ils parlent, elle n'entend pas. Elle ne voit que le mouvement de leurs visages devenu pareil au mouvement d'une partie du corps, désenchantés. Ils parlent peu. Et encore, ne les voit-elle que lorsqu'ils passent près du fond de la chambre derrière la fenêtre. L'expression muette de leurs visages se ressemble encore, trouve Lol.

Il repasse encore dans la lumière, mais cette fois, habillé. Et peu après lui, Tatiana Karl encore nue : elle s'arrête, se cambre, la tête légèrement levée et, dans un mouvement pivotant de son torse, les bras en l'air, les mains prêtes à la recevoir, elle ramène sa chevelure devant elle, la torsade et la relève. Ses seins, par rapport à sa minceur, sont lourds, ils sont assez abîmés déjà, seuls à l'être dans tout le corps de Tatiana. Lol doit se souvenir comme leur attache était pure autrefois. Tatiana Karl a le même âge que Lol V. Stein.

Je me souviens : l'homme vient tandis qu'elle s'occupe de sa chevelure, il se penche, mêle sa tête à la masse souple et abondante, embrasse, elle, continue à relever ses cheveux, elle le laisse faire, continue et lâche.

Ils disparaissent un instant assez long du cadre de la fenêtre.

Tatiana revient encore seule, sa chevelure de nouveau retombée. Elle va alors vers la fenêtre, une cigarette à la bouche et s'y accoude.

Lol, je la vois : elle ne bouge pas. Elle sait que si on n'est pas prévenu de sa présence dans le champ personne ne peut la découvrir. Tatiana Karl ne voit pas la tache sombre dans le seigle.

Tatiana Karl s'éloigne de la fenêtre pour reparaître habillée, de nouveau recouverte par son tailleur noir. Lui aussi passe, une dernière fois, sa veste sur l'épaule.

La chambre s'éteint peu après.

Un taxi sans doute appelé par téléphone s'arrête devant l'hôtel.

Lol se relève. Il fait tout à fait nuit. Elle est engourdie, marche mal pour commencer mais vite, une fois la petite place atteinte, elle trouve un taxi. L'heure du dîner est arrivée. Son retard est énorme.

Son mari est dans la rue, il l'attend, alarmé.

Elle mentit et on la crut. Elle raconta qu'elle avait dû s'éloigner du centre pour faire un achat, achat qu'elle ne pouvait faire que dans les pépinières des faubourgs, des plants pour une haie dont elle avait l'idée, entre le parc et la rue.

On la plaignit tendrement d'avoir eu à marcher si longtemps sur des routes sombres et désertes.

L'amour que Lol avait éprouvé pour Michael Richardson était pour son mari la garantie la plus sûre de la fidélité de sa femme. Elle ne pouvait pas retrouver une deuxième fois un homme fait sur les mesures de celui de T. Beach, ou alors il fallait qu'elle l'inventât, or elle n'inventait rien, croyait Jean Bedford.

Pendant les jours qui suivirent, Lol chercha l'adresse de Tatiana Karl.

Elle ne cessa pas ses promenades.

Mais la lumière du bal s'est cassée d'un seul coup. Elle n'y voit plus clair. Des moisissures grises recouvrent uniformément les visages, les corps des amants.

Les Karl n'avaient jamais habité S. Tahla. C'était au collège que Lol et Tatiana s'étaient liées, elle passaient leurs vacances à T. Beach. Leurs parents ne s'étaient pour ainsi dire pas connus. Lol avait oublié l'adresse des Karl. Elle écrivit à l'Amicale du collège : à la retraite du père, les Karl avaient déménagé, ils habitaient au bord de la mer, près de T. Beach. De Tatiana, on n'avait jamais eu de nouvelles depuis ce déménagement. Lol s'acharna, elle écrivit à Mme Karl une lettre longue et embarrassée pour lui dire combien elle aurait aimé retrouver Tatiana, la seule de ses amies qu'elle n'avait jamais oubliée.

Mme Karl répondit très affectueusement à Lol, et lui donna l'adresse de sa fille mariée depuis huit ans au docteur Beugner, à S. Tahla.

Tatiana habitait une grande villa, au sud de S. Tahla, près de la forêt.

A plusieurs reprises Lol alla se promener aux abords de cette villa qu'elle avait déjà vue comme toutes celles de la ville.

Elle se trouvait sur une légère hauteur. Un parc, grand et boisé, permettait mal de la voir de face, mais derrière, par le canal sinueux d'une grande allée, on la découvrait mieux, des étages à balcons, une grande terrasse sur laquelle Tatiana, en été, se tient souvent. C'est de ce côté-là que se trouve la grille d'entrée.

Il n'était sans doute pas dans le plan de Lol de se précipiter chez Tatiana, mais d'abord de faire le tour de sa maison, de traîner dans les rues qui la bordaient. Qui savait? Tatiana sortirait peut-être, elles se rencontreraient ainsi, se retrouveraient ainsi, apparemment par hasard.

Cela ne se produisit pas.

La première fois, Lol dut voir Tatiana Karl sur la terrasse, allongée sur une chaise longue, en maillot de bain, au soleil, les yeux fermés. La deuxième fois également. Une fois, Tatiana Karl ne devait pas être là. Il y avait sa chaise longue, une table basse et des revues coloriées. Le temps ce jour-là était couvert. Lol s'attarda. Tatiana n'apparut pas.

Alors Lol décida de rendre visite à Tatiana. Elle dit à son mari qu'elle comptait revoir une ancienne amie de collège, Tatiana Karl, dont elle avait retrouvé la photo au hasard d'un rangement. Lui en avait-elle parlé jamais? elle ne savait plus. Non. Jean Bedford ignorait jusqu'à ce nom.

Comme Lol n'exprimait jamais le désir de voir ou de revoir quiconque, cette initiative étonna Jean Bedford. Il questionna Lol. Elle ne démordit pas de la seule raison qu'elle lui donna : elle désirait avoir des nouvelles de ses anciennes amies de collège, surtout de celle-ci, Tatiana Karl, qui, dans son souvenir, était la plus attachante de toutes. Comment savait-elle son adresse à S. Tahla? Elle l'avait vue sortir d'un cinéma du centre. Elle avait écrit à l'Amicale de leur collège.

Jean Bedford s'était habitué à voir sa femme tout au long des années, satisfaite, ne réclamant rien de plus à ses côtés. L'image de Lol bavardant avec quiconque était inimaginable et même un peu repoussante paraît-il, pour qui la connaissait. Pourtant il semblerait que Jean Bedford n'ait rien fait pour empêcher Lol de se conduire enfin comme les autres femmes. Cette échéance qui prouvait combien elle allait mieux les années passant, devait venir tôt ou tard, il l'avait souhaitée, dut se souvenir Jean Bedford, ou alors, préférait-il qu'elle reste telle qu'elle avait été pendant dix ans à U. Bridge, dans cette virtualité irréprochable? J'imagine qu'un effroi traversa Jean Bedford : c'était de lui-même qu'il fallait se méfier. Il dut feindre être heureux de l'initiative de Lol. Tout ce qui la sortait de sa routine quotidienne, lui dit-il, l'enchantait. Ne le savait-elle pas? Et ses promenades? Pourrait-il connaître Tatiana Karl? Lol le lui promit dans les prochains jours.

Lol s'acheta une robe. Elle retarda de deux jours sa visite à Tatiana Karl, le temps de faire cet achat difficile. Elle se décida pour une robe de plein été, blanche. Cette robe, de l'avis de tous chez elle, lui allait très bien.

En cachette de son mari, de ses enfants, de ses domestiques, elle se prépara ce jour-là pendant des heures. Il n'y avait pas que son mari, tous savaient qu'elle allait rendre visite à une amie de collège avec laquelle elle avait été très liée. On s'étonna, mais en silence. Au moment de partir, on l'admirait, elle se crut tenue de donner des précisions : elle avait choisi cette robe blanche afin que Tatiana Karl la reconnût mieux, plus facilement; c'était au bord de la mer, elle s'en souvenait, à T. Beach, qu'elle avait vu Tatiana Karl pour la dernière fois, il y avait dix ans et pendant ces vacances-là, sur le désir d'un ami, elle était toujours en blanc.

La chaise longue était à sa place, la table aussi, les revues. Tatiana Karl était peut-être dans la maison. C'était un samedi vers quatre heures. Il faisait beau.

Je crois ceci :

Lol, une fois de plus, fait le tour de la villa, non plus dans l'espoir de tomber sur Tatiana mais pour essayer de calmer un peu cette impatience qui la soulève, la ferait courir : il ne faut rien en montrer à ces gens qui ne savent pas encore que leur tranquillité va être troublée à jamais. Tatiana Karl lui est devenue en peu de jours si chère que si sa tentative allait échouer, si elle allait ne pas la revoir, la ville deviendrait irrespirable, mortelle. Il fallait réussir. Ces jours-ci vont être pour ces gens, plus précisément qu'un avenir plus lointain, ceux qu'elle en fera, elle, Lol V. Stein. Elle fabriquera les circonstances nécessaires, puis elle ouvrira les portes qu'il faudra : ils passeront.

Elle tourne autour de la maison, dépasse légèrement l'heure qu'elle s'est fixée pour la visite, joyeuse.

Dans quel univers perdu Lol V. Stein a-t-elle appris la volonté farouche, la méthode?

Arriver le soir chez Tatiana lui aurait peut-être paru préférable. Mais elle a jugé qu'elle devait faire preuve de discrétion et elle s'est conformée aux heures habituelles des visites dans la bourgeoisie dont elles font partie, Tatiana et elle;

Elle sonne à la grille. Elle voit pour ainsi dire le rose de son sang sur ses joues. Elle doit être assez belle pour que ce soit visible, aujourd'hui. Aujourd'hui, selon son désir, on doit voir Lol V. Stein.

Une femme de chambre sortit sur la terrasse, la regarda un instant, disparut à l'intérieur. Quelques secondes après Tatiana Karl à son tour, en robe bleue, arriva sur la terrasse et regarda.

La terrasse est à une centaine de mètres de la grille. Tatiana s'efforce de reconnaître qui vient ainsi à l'improviste. Elle ne reconnaît pas, donne l'ordre d'ouvrir. La femme de chambre disparaît à nouveau. La grille s'ouvre dans un déclic électrique qui fait sursauter Lol.

Elle est à l'intérieur du parc. La grille se referme.

Elle avance dans l'allée. Elle est à mi-chemin de celle-ci lorsque deux hommes se joignent à Tatiana. L'un de ces hommes est celui qu'elle cherche. Il la voit pour la première fois.

Elle sourit au groupe et continue à marcher lentement vers la terrasse. Des parterres de fleurs se découvrent sur la pelouse, le long de l'allée, des hortensias se fanent dans l'ombre des arbres. Leurs coulées déjà mauvissantes est sans doute sa seule pensée. Les hortensias, les hortensias de

Tatiana, du même temps que Tatiana maintenant celle qui d'une seconde à l'autre va crier mon nom.

— C'est bien Lola, je ne me trompe pas?

Lui la regarde. Elle lui trouve le même regard intéressé que dans la rue. C'est bien Tatiana, voici sa voix, tendre, tendre tout à coup, d'une coloration ancienne, sa voix triste d'enfant.

— Non, mais c'est Lol? Je ne me trompe pas?

— C'est elle, dit Lol.

Tatiana descend le perron en courant, arrive sur Lol, s'arrête avant de l'atteindre, regarde dans une surprise débordante mais un peu hagarde, qui va du plaisir au déplaisir, de la crainte au rassurement, Lol l'intruse, la petite du préau, Lol de T. Beach, ce bal, ce bal, la folle, l'aimait-elle toujours? Oui.

Lol se trouve dans ses bras.

Les hommes, de la terrasse, les regardaient s'embrasser. Ils ont entendu parler d'elle par Tatiana Karl.

Elles sont très proches de la terrasse. D'une minute à l'autre la distance qui les sépare de cette terrasse va être couverte à jamais.

Avant que cela arrive l'homme que Lol cherche se trouve tout à coup dans le plein feu de son regard. Lol, la tête sur l'épaule de Tatiana, le voit : il a légèrement chancelé, il a détourné les yeux. Elle ne s'est pas trompée.

Tatiana n'a plus l'odeur du linge frais des dortoirs où son rire courait le soir à la recherche d'oreilles à qui raconter les bons tours du lendemain. Le lendemain est là. Tatiana habillée d'une peau d'or embaume l'ambre, maintenant, le présent, le seul présent, qui tournoie, tournoie dans la poussière et qui se pose enfin dans le cri, le doux cri aux ailes brisées dont la fêlure n'est perceptible qu'à Lol V. Stein.

— Dieu! Dix ans que je ne t'ai pas vue, Lola.

— Dix ans, en effet, Tatiana.

Enlacées elles montent les marches du perron. Tatiana présente à Lol Pierre Beugner, son mari, et Jacques Hold, un de leurs amis, la distance est couverte, moi.

Trente-six ans, je fais partie du corps médical. Il n'y a qu'un an que je suis arrivé à S. Tahla. Je suis dans le service de Pierre Beugner à l'Hôpital départemental. Je suis l'amant de Tatiana Karl.

Dès que Lol a pénétré dans la maison elle n'a plus eu un regard pour moi.

Elle a parlé tout de suite à Tatiana d'une photographie retrouvée au hasard d'un rangement récent dans une chambre de grenier : elles y étaient toutes les deux, la main dans la main, dans la cour du collège, en uniforme, à quinze ans. Tatiana ne se souvenait pas de cette photographie. J'ai cru moi-même à l'existence de celle-ci. Tatiana a demandé à la voir. Lol le lui a promis.

— Tatiana nous a parlé de vous, dit Pierre Beugner.

Tatiana n'est pas bavarde et ce jour-là elle

l'était encore moins que d'habitude. Elle écoutait la moindre parole de Lol V. Stein, elle la provoquait à parler de sa vie récente. Elle désirait à la fois nous la faire connaître et en savoir, elle, toujours davantage sur son mode d'existence, son mari, ses enfants, sa maison, son emploi du temps, son passé. Lol parla peu mais avec assez de clarté, de netteté pour rassurer qui que ce soit sur son état actuel, mais pas elle, Tatiana. Tatiana, elle, s'inquiétait autrement que les autres à propos de Lol : qu'elle ait si bien recouvré la raison l'attristait. On devait ne jamais guérir tout à fait de la passion. Et, de plus, celle de Lol avait été ineffable, elle en convient toujours, malgré les réserves qu'elle fait encore sur la part qu'elle a eue dans la crise de Lol.

— Tu parles de ta vie comme un livre, dit Tatiana.

— D'une année à l'autre, dit Lol — elle avait un sourire confus — je ne vois rien de différent autour de moi.

— Dis-moi quelque chose, tu sais bien quoi, quand nous étions jeunes, supplia Tatiana.

Lol chercha de toutes ses forces à deviner quoi dans sa jeunesse, quel détail aurait permis à Tatiana de retrouver un peu de cette amitié si vive qu'elle lui vouait au collège. Elle ne trouva pas. Elle dit :

— Si tu veux savoir, moi je crois qu'on s'est trompé.

Tatiana ne répondit pas.

La conversation devint commune, se ralentit, s'engourdit parce que Tatiana épiait Lol, ses moindres sourires, ses moindres gestes, et ne s'occupait qu'à cela. Pierre Beugner parla à Lol de S. Tahla, des changements qui s'y étaient produits depuis la jeunesse des deux femmes. Lol connaissait tout de l'agrandissement de S. Tahla, du percement des rues nouvelles, des plans de construction dans les faubourgs, elle en parla d'une voix posée comme de son existence. Puis de nouveau le silence s'installa. On parla de U. Bridge, on parla.

Rien ne pouvait faire entrevoir dans cette femme-ci, même fugitivement, le deuil étrange qu'avait porté Lol V. Stein de Michael Richardson.

De sa folie, détruite, rasée, rien ne paraissait subsister, aucun vestige exception faite de sa présence chez Tatiana Karl cet après-midi-là. La raison de celle-ci colorait un horizon linéaire et monotone mais à peine, car elle pouvait plausiblement s'être ennuyée et être venue chez Tatiana. Tatiana se demandait pourquoi quand même, pourquoi elle était là. C'était inévitable : elle n'avait rien à dire à Tatiana, rien à raconter, leurs souvenirs de collège, elle paraissait en avoir une mémoire très atteinte, perdue, les dix ans passés à U. Bridge, elle en avait fait le tour en quelques minutes.

J'étais le seul à savoir, à cause de ce regard immense, famélique qu'elle avait eu pour moi en embrassant Tatiana, qu'il y avait une raison précise à sa présence ici. Comment cela était-il possible? Je doutais. Pour me plaire davantage à retrouver la précision de ce regard, je doutais encore. Il différait totalement de ceux qu'elle avait à présent. Il n'en restait rien. Mais le désintérêt dans lequel elle me tenait maintenant était trop grand pour être naturel. Elle évitait de me voir. Je ne lui adressais pas la parole.

— Comment s'est-on trompé? demanda enfin Tatiana.

Tendue, n'aimant pas qu'on la questionne ainsi, elle fit néanmoins cette réponse, navrée de décevoir Tatiana :

— Sur les raisons. C'est sur les raisons qu'on s'est trompé.

— Cela je le savais, dit Tatiana, c'est-à-dire que... je m'en doutais bien... les choses ne sont jamais aussi simples...

Pierre Beugner, une nouvelle fois, détourna la conversation, il était visiblement le seul de nous trois à mal supporter le visage de Lol lorsqu'elle parlait de sa jeunesse, il recommença à parler, à lui parler, de quoi? de la beauté de son jardin, il était passé devant, quelle bonne idée cette haie entre la maison et cette rue si passante.

Elle paraissait flairer quelque chose, se douter qu'il y avait entre Tatiana et moi autre chose

qu'une relation amicale. Quand Tatiana abandonne un peu Lol, qu'elle cesse de la questionner,
cela se voit davantage : Tatiana en présence de ses
amants s'émeut toujours du souvenir toujours
proche des après-midi à l'Hôtel des Bois. Qu'elle
se déplace, se relève, ajuste sa coiffure, s'asseye,
son mouvement est charnel. Son corps de fille, sa
plaie, sa calamité bienheureuse, il crie, il appelle
le paradis perdu de son unité, il appelle sans cesse,
désormais, qu'on le console, il n'est entier que
dans un lit d'hôtel.

Tatiana sert le thé. Lol la suit des yeux. Nous la
regardons, Lol V. Stein et moi. Tout autre aspect
de Tatiana devient secondaire : aux yeux de Lol
et aux miens elle est seulement la maîtresse de
Jacques Hold. J'écoute mal ce qu'elles évoquent
toutes les deux maintenant d'un ton léger de leur
jeunesse, des cheveux de Tatiana. Lol dit :

— Ah! tes cheveux défaits, le soir, tout le dor-
toir venait voir, on t'aidait.

Il ne sera jamais question de la blondeur de
Lol, ni de ses yeux, jamais.

Je saurais pourquoi, de quelque façon que je
doive m'y prendre, pourquoi, moi.

Ceci est arrivé. Alors que Tatiana ajuste une
nouvelle fois sa coiffure je me souviens d'hier —
Lol la regarde — je me souviens de ma tête à ses
seins mêlés, hier. Je ne sais pas que Lol a vu et
pourtant la sorte de regard qu'elle a sur Tatiana
me fait m'en souvenir. Ce qu'il peut advenir de

Tatiana lorsqu'elle se recoiffe, nue, dans la chambre de l'Hôtel des Bois, je l'ignore déjà moins il me semble.

Que cachait cette revenante tranquille d'un amour si grand, si fort, disait-on, qu'elle en avait comme perdu la raison? J'étais sur mes gardes. Elle est douce, souriante, elle parle de Tatiana Karl.

Tatiana, elle, ne croyait pas à la seule vertu de ce bal dans la folie de Lol V. Stein, elle la faisait remonter plus avant, plus avant dans sa vie, plus avant dans sa jeunesse, elle la voyait ailleurs. Au collège, dit-elle, il manquait quelque chose à Lol, déjà elle était étrangement incomplète, elle avait vécu sa jeunesse comme dans une sollicitation de ce qu'elle serait mais qu'elle n'arrivait pas à devenir. Au collège elle était une merveille de douceur et d'indifférence, elle changeait d'amies, elle ne luttait jamais contre l'ennui, jamais une larme de jeune fille. Lorsque le bruit avait couru de ses fiançailles avec Michael Richardson, Tatiana, elle, n'avait cru qu'à moitié à cette nouvelle. Qui aurait pu trouver Lol, qui aurait retenu son attention entière? ou du moins une part suffisante de celle-ci pour la faire s'engager dans le mariage? qui aurait conquis son cœur inachevé? Tatiana croit-elle encore s'être trompée?

Il me semble que Tatiana m'a rapporté aussi des propos, beaucoup, des bruits aussi qui ont couru à S. Tahla au moment du mariage de Lol V. Stein. Elle aurait déjà été enceinte de sa première fille? Je me souviens mal, ils font une rumeur, au loin, en ce moment, je ne les distingue plus des récits de Tatiana. En ce moment, moi seul de tous ces faussaires, je sais : je ne sais rien. Ce fut là ma première découverte à son propos : ne rien savoir de Lol était la connaître déjà. On pouvait, me parut-il, en savoir moins encore, de moins en moins sur Lol V. Stein.

Le temps passait. Lol restait, heureuse toujours, sans convaincre personne que c'était de revoir Tatiana.

— Tu passes devant chez moi parfois? demande Tatiana.

Lol dit que cela lui arrive, elle se promène l'après-midi, chaque jour, aujourd'hui elle était venue volontairement, elle avait écrit plusieurs lettres au collège et puis à ses parents après avoir retrouvé cette photographie.

Pourquoi restait-elle encore et encore?

Voici le soir.

Le soir, Tatiana s'attristait toujours. Jamais elle n'oubliait. Ce soir encore elle regarda un instant au-dehors : l'étendard blanc des amants dans leur premier voyage flotte toujours sur la ville obscurcie. La défaite cesse d'être le lot de Tatiana, elle se répand, coule sur l'univers. Tatiana dit qu'elle aurait voulu faire un voyage. Elle demande à Lol si celle-ci partage ce désir. Lol dit ne pas y avoir encore pensé.

— Peut-être, mais où?

— Tu trouveras, dit Tatiana.

Elles s'étonnèrent de ne s'être jamais encore rencontrées dans le centre de S. Tahla. Mais il est vrai, dit Tatiana, qu'elle, elle sort peu, qu'à cette saison-ci elle fait de fréquents voyages chez ses parents. C'est faux. Tatiana a du temps libre. Je prends tout le temps libre de Tatiana.

Lol récite sa vie, depuis son mariage : ses maternités, ses vacances. Elle détaille — elle croit peut-être que c'est ce qu'on veut savoir — la grandeur de la dernière maison qu'elle a habitée, à U. Bridge, pièce par pièce, de façon assez longue pour que la gêne s'installe de nouveau chez Tatiana Karl et Pierre Beugner. Je ne perds aucun mot. Elle raconte en fait le dépeuplement d'une demeure avec sa venue.

— Le salon est si grand qu'on aurait pu y danser. Je n'ai jamais rien pu faire, le meubler, rien n'était suffisant.

Elle décrit encore. Elle parle de U. Bridge. Tout à coup elle ne le fait plus pour nous plaire, et sagement, comme elle a dû se le promettre. Elle parle plus vite, à voix plus haute, son regard nous a lâchés : elle dit que la mer n'est pas loin de la villa qu'elle habitait à U. Bridge. Tatiana a un sursaut : la mer est à deux heures de U. Bridge. Mais Lol ne remarque rien.

— C'est-à-dire que sans ces immeubles nouveaux on aurait pu voir la plage de ma chambre.

Elle décrit cette chambre et l'erreur est laissée

en route. Elle revient vers T. Beach, qu'elle ne confond avec rien d'autre, elle est de nouveau présente, en possession de ses moyens.

— Un jour j'y retournerai, il n'y a pas de raison.
Je voulais revoir ses yeux sur moi : je dis :
— Pourquoi ne pas y retourner cet été-ci?
Elle me regarda, comme je le désirais. Ce regard qui lui échappa détourna le cours de sa pensée. Elle répondit au hasard :
— Peut-être cette année. J'aimais bien la plage — à Tatiana — tu te souviens?
Ses yeux sont veloutés comme seuls les yeux sombres le sont, or les siens sont d'eau morte et de vase mêlées, rien n'y passe en ce moment qu'une douceur ensommeillée.
— Tu as toujours ton doux visage, dit Tatiana.
Voici, dans un sourire, voici une moquerie très joyeuse, mal à propos me semble-t-il. Tatiana reconnaît quelque chose tout à coup.
— Ah! dit-elle, tu te moquais comme ça aussi quand on te le disait.
Elle venait peut-être de dormir pendant un long moment.
— Je ne me moquais pas. Tu le croyais. Toi tu es si belle, Tatiana, oh comme je me souviens.
Tatiana se leva pour embrasser Lol. Une autre femme fit place à celle-ci, imprévisible, déplacée, méconnaissable. De qui se moquait-elle si elle se moquait?
Je devais la connaître parce qu'elle désirait que

cela se produise. Elle est rose pour moi, sourit, se
moque, pour moi. Il fait chaud, on étouffe tout à
coup dans le salon de Tatiana. Je dis :

— Vous êtes belle vous aussi.

D'un geste de la tête, brusque, comme si je
l'avais giflée elle se tourne vers moi.

— Vous trouvez?

— Oui, dit Pierre Beugner.

Elle rit encore.

— Quelle idée!

Tatiana devient grave. Elle considère son amie
avec ferveur. Je comprends qu'elle est presque sûre
que Lol n'est pas tout à fait guérie. Elle en est
profondément rassurée, je le sais; cette survivance
même pâlie de la folie de Lol met en échec l'hor-
rible fugacité des choses, ralentit un peu la fuite
insensée des étés passés.

— Ta voix a changé, dit Tatiana, mais ton rire
je l'aurais reconnu derrière une porte de fer.

Lol dit :

— Ne t'inquiète pas, il ne faut pas t'inquiéter,
Tatiana.

Les yeux baissés elle attendait. Personne ne lui
répondait. C'était à moi qu'elle s'était adres-
sée.

Elle se pencha vers Tatiana, curieuse, amusée.

— Comment était-elle avant? Je me souviens
mal.

— Brutale, un peu. Tu parlais vite. On te
comprenait mal.

Lol se mit à rire de bon cœur.

— J'étais sourde, dit-elle, mais personne ne savait, j'avais une voix de sourde.

Le jeudi, Tatiana raconte, elles deux refusaient de sortir en rangs, avec le collège, elles dansaient dans le préau vide — on danse, Tatiana? — un pick-up dans un immeuble voisin, toujours le même, jouait des danses anciennes — une émission-souvenir qu'elles attendaient, les surveillantes étaient envolées, seules dans l'immense cour du collège où on entendait, ce jour-là, les bruits des rues. Allez, Tatiana, allez, on danse, parfois exaspérées, elles jouent, crient, jouent à se faire peur.

Nous la regardions qui écoutait Tatiana et paraissait me prendre à témoin de ce passé. Est-ce bien cela? Était-ce bien ainsi qu'elle dit?

— Tatiana nous a parlé de ces jeudis, dit Pierre Beugner.

Tatiana comme chaque jour a laissé s'installer la demi-pénombre du crépuscule et je peux regarder Lol V. Stein longtemps, assez longtemps, avant qu'elle ne s'en aille, pour ne plus jamais l'oublier.

Lorsque Tatiana alluma, Lol se leva à regret. Quel domicile illusoire allait-elle rejoindre? Je ne savais pas encore.

Une fois levée, sur le point de partir elle dit

enfin ce qu'elle avait à dire : elle désire revoir Tatiana.

— Je veux te revoir, Tatiana.

Alors ce qui aurait dû paraître naturel paraît faux. Je baisse les yeux. Tatiana qui cherche à trouver mon regard le perd comme une monnaie tombée. Pourquoi Lol qui paraît se passer de tout le monde veut-elle me revoir, moi, Tatiana? Je sors sur le perron. La nuit n'est pas encore tout à fait venue, je m'en aperçois, elle est loin de l'être. J'entends Tatiana demander :

— Pourquoi désires-tu me revoir? Cette photo t'a-t-elle donné envie de me revoir à ce point? Je suis intriguée.

Je me retourne : Lol V. Stein perd contenance, elle me cherche des yeux, elle va du mensonge à la sincérité, s'arrête au mensonge courageusement.

— Il y a cette photo — elle ajoute — il y a eu aussi que je devais connaître du monde ces temps-ci.

Tatiana rit :

— Ça te ressemble mal, Lola.

J'apprends que le naturel du rire de Lol est incomparable lorsqu'elle ment. Elle dit :

— On verra bien, on verra où ça nous mènera, je me sens si bien avec toi.

— On verra, dit joyeusement Tatiana.

— Tu sais qu'on peut cesser de me voir, je le comprends.

— Je sais, dit Tatiana.

Une tournée théâtrale passait à S. Tahla cette semaine-là. N'était-ce pas une occasion de se voir? Elles iraient ensuite chez elle, Tatiana ferait enfin la connaissance de Jean Bedford. Pierre Beugner et Jacques Hold ne pourraient-ils pas venir aussi?

Tatiana hésita puis elle dit qu'elle viendrait, qu'elle renonçait à aller à la mer. Pierre Beugner était libre. J'essaierai, dis-je, de décommander un dîner. Ce même soir nous devions nous retrouver à l'Hôtel des Bois avec Tatiana.

Tatiana était devenue ma femme à S. Tahla, l'admirable beauté de ma prostitution, je ne pouvais plus me passer de Tatiana.

Le lendemain j'ai téléphoné à Tatiana, je lui ai dit que nous n'irions pas chez les Bedford. Elle a cru à ma sincérité. Elle m'a dit qu'il lui était impossible de ne pas accepter, cette première fois, l'invitation de Lol.

Jean Bedford s'est retiré dans sa chambre. Il a un concert demain. Il fait des exercices de violon.

Nous sommes, à ce moment de la soirée, aux environs de onze heures et demie, dans la salle de jeux des enfants. La pièce est grande et nue. Il y a un billard. Les jouets des enfants sont dans un coin, rangés dans des coffres. Le billard est très ancien, il devait déjà être chez les Stein avant la naissance de Lol.

Pierre Beugner fait des points. Je le regarde. Il m'a dit, en sortant du théâtre, qu'il fallait laisser Tatiana et Lol V. Stein seules ensemble un moment, avant de les rejoindre. Il était probable, avait-il ajouté, que Lol devait avoir à faire une confidence importante à Tatiana, l'insistance qu'elle avait mise à vouloir la revoir le prouvait.

Je tourne autour du billard. Les fenêtres sont ouvertes sur le parc. Une grande porte qui donne sur une pelouse, aussi. La salle est contiguë à la chambre de Jean Bedford. Lol et Tatiana peuvent comme nous entendre le violon, mais moins fort. Un vestibule les sépare de ces deux pièces où se tiennent les hommes. Elles doivent aussi entendre le choc sourd des boules de billard entre elles. Les exercices de Jean Bedford sur double corde sont très aigus. Leur frénésie monotone est éperdument musicale, chant de l'instrument même.

Il fait bon. Cependant Lol a fermé les baies du salon contrairement à son habitude. Lorsque nous sommes arrivés devant cette maison, obscure, aux fenêtres ouvertes, elle a dit à Tatiana qui s'étonnait, qu'elle faisait ainsi en cette saison. Ce soir, non. Pourquoi? Sans doute Tatiana l'a-t-elle demandé. C'est Tatiana qui a son cœur à ouvrir à Lol, ce cœur dont jamais nous ne parlons ensemble, pas Lol, cela, je sais.

Lol a montré ses trois enfants endormis à Tatiana. On a entendu leurs rires retenus fuser dans les étages. Et puis elles sont redescendues dans le salon. Nous étions déjà dans le billard. Je ne sais pas si Lol s'est étonnée de ne pas nous voir. On a entendu la fermeture des trois baies.

Elle, de l'autre côté du vestibule, et moi ici, dans cette salle de jeux où je marche, nous attendons de nous revoir.

La pièce était amusante. Elles ont ri. A trois reprises, Lol et moi avons ri seuls. A l'entracte, dans un aparté très court, alors que je passais près d'eux, j'ai compris que Tatiana et Jean Bedford parlaient de Lol.

Je sors de la salle de billard. Pierre Beugner n'y prend pas garde. Nous ne tenons pas à rester en tête à tête longtemps, en général, à cause de Tatiana. Je ne crois pas que Pierre ignore tout comme le prétend Tatiana. Je contourne la maison de quelques pas et me voici derrière une des baies latérales du salon.

Lol est assise face à cette baie. Elle ne me voit pas encore. Le salon est moins grand que la salle de billard, meublé de fauteuils disparates, d'une très grande vitrine en bois noir dans laquelle il y a des livres et une collection de papillons. Les murs sont nus, blancs. Tout est d'une propreté méticuleuse et d'une ordonnance rectiligne, la plupart des fauteuils sont le long des murs, l'éclairage tombe du plafond, insuffisant.

Lol se lève et offre un verre de cherry à Tatiana. Elle, ne boit pas encore. Tatiana doit être sur le bord de faire une confidence à Lol. Elle parle, prend des pauses, baisse les yeux, dit quelque chose, ce n'est pas encore ça. Lol bouge, essaye de parer le coup. Elle ne veut pas des confidences de Tatiana, n'en a que faire, on dirait même qu'elles la gêneraient. Nous sommes dans ses mains? Pourquoi? Comment? Je ne sais rien.

Je ne retrouverai Tatiana à l'Hôtel des Bois que dans deux jours, après-demain. Je voudrais que ce soit ce soir après cette visite à Lol. Je crois que ce soir mon désir de Tatiana s'assouvirait pour toujours, tâche exécutée, si ardue qu'elle soit, si difficile, si longue qu'elle soit, si épuisante, alors je serai devant une certitude.

Laquelle ? Elle concernerait Lol mais j'ignore comment, le sens qu'elle aurait, quel espace physique ou mental de Lol s'éclairerait sous l'effet de mon désir comblé de Tatiana, je ne cherche pas à le savoir.

Voici que Tatiana se lève, dit quelque chose avec véhémence. Alors Lol d'abord s'écarte et puis elle revient, se rapproche de Tatiana, et caresse légèrement ses cheveux.

Jusqu'à la dernière minute j'ai essayé d'entraîner Tatiana à l'Hôtel des Bois alors que c'était Lol que je devais revoir. Je ne peux pas faire ça à une amie, a dit Tatiana, après une absence si longue, ce passé, cette fragilité aussi, as-tu remarqué ? je ne peux pas ne pas y aller. Tatiana a cru à ma sincérité. Tout à l'heure, tout à l'heure, dans deux jours à peine je posséderai toute Tatiana Karl, complètement, jusqu'à sa fin.

Lol caresse toujours les cheveux de Tatiana. D'abord elle la regarde intensément puis son regard s'absente, elle caresse en aveugle qui veut reconnaître. Alors c'est Tatiana qui recule. Lol lève les yeux et je vois ses lèvres prononcer Tatiana Karl. Elle a un regard opaque et doux. Ce regard qui était pour Tatiana tombe sur moi : elle m'aperçoit derrière la baie. Elle ne marque aucune émotion. Tatiana ne s'aperçoit de rien. Elle fait quelques pas vers Tatiana, elle revient, elle l'enlace légèrement et, insensiblement, elle l'amène à la porte-fenêtre qui donne sur le parc. Elle l'ouvre. J'ai compris. J'avance le long du mur. Voilà. Je me tiens à l'angle de la maison. Ainsi, je les entends. Tout à coup, voici leurs voix entrelacées, tendres, dans la dilution nocturne, d'une féminité pareillement rejointe en moi. Je les entends. C'est ce que Lol désirait. C'est elle qui parle :

— Regarde tous ces arbres, ces beaux arbres que nous avons, comme il fait doux.

— Le plus difficile, qu'est-ce que ça a été Lola? demande Tatiana.

— Les heures régulières. Pour les enfants, les repas, le sommeil.

Tatiana se plaint, dans un long soupir, lassé.

— Chez moi c'est encore le désordre noir. Mon mari est riche, je n'ai pas d'enfants, que veux-tu... que veux-tu...

Lol, dans le même mouvement que tout à l'heure, ramène Tatiana au centre du salon. Je retourne à la baie d'où je les vois. Je les entends et je les vois. Elle lui tend un fauteuil de telle façon qu'elle tournera le dos au jardin. Elle s'assied en face d'elle. Tout l'éventail des baies est sous son regard. Si elle veut regarder elle peut. Elle ne le fait pas une seule fois.

— Tu souhaites changer, Tatiana?

Tatiana hausse les épaules et ne répond pas, du moins je n'entends rien.

— Tu as tort. Ne change pas, Tatiana, oh non, non.

C'est Tatiana :

— J'avais le choix au départ : vivre comme nous le faisions lorsque nous étions jeunes, dans l'idée générale de la vie, tu te souviens, ou bien m'installer dans une existence très précise, comme toi, tu vois ce que je veux dire, je m'excuse, mais tu le vois.

Lol écoute. Elle n'a pas oublié ma présence mais elle est véritablement partagée entre nous deux. Elle dit :

— Je n'ai pas pu choisir ma vie. C'était mieux en ce qui me concerne, on le disait, qu'est-ce que j'aurais fait, moi? Mais maintenant je n'en imagine aucune autre que j'aurais pu avoir à la place de celle-ci. Tatiana je suis très heureuse ce soir.

Cette fois c'est Tatiana qui se lève et enlace Lol. Je les vois bien. Lol offre une très légère résistance à Tatiana mais celle-ci doit l'attribuer à la pudeur de Lol. Elle ne s'en offusque pas. Lol s'échappe, se poste au milieu de la pièce. Je me cache derrière le mur. Lorsque je regarde à nouveau, elles ont repris leurs places dans les fauteuils.

— Écoute Jean. Parfois il joue jusqu'à quatre heures du matin. Il nous a complètement oubliées.

— Tu écoutes toujours?

— Presque toujours. Surtout quand je

Tatiana attend. Le reste de la phrase ne viendra pas. Tatiana reprend :

— Et pour l'avenir, Lol? Tu n'imagines rien? Rien d'un peu différent? — Comme Tatiana a parlé tendrement.

Lol a pris un verre de cherry, elle boit à petites gorgées. Elle réfléchit.

— Je ne sais pas encore, dit-elle enfin. Je pense au lendemain plutôt qu'aux jours plus loin. La maison est si grande. J'ai toujours quelque chose de nouveau à entreprendre. C'est difficilement évitable. Oh je parle de soucis de ménage, tu sais, des courses, des courses à faire.

Tatiana rit.

— Tu fais la bête, dit-elle.

Elle se lève de nouveau et fait le tour du salon, un peu impatientée. Lol ne bouge pas. Je me cache. Je ne vois plus. Elle a dû maintenant revenir à sa place. Oui.

— Quelles courses? demande brutalement Tatiana.

Lol lève la tête, s'affole? Je vais peut-être surgir dans le salon, faire taire Tatiana. Lol dit immédiatement d'un ton coupable :

— Oh! Des assiettes dépareillées pour toujours, par exemple. Oui, on espère quand même que dans un magasin de banlieue on trouvera.

— Jean Bedford m'a parlé d'un achat que tu avais fait dans la banlieue la semaine dernière, si loin, si tard... quel événement! C'est vrai, Lola, dis-moi?

— En si peu de temps il a pu te raconter?

Je vais d'une baie à l'autre, pour voir ou entendre mieux. La voix de Lol n'est plus inquiète. A peine s'est-elle retournée vers Tatiana. Ce qu'elle va dire ne l'intéresse pas. Elle paraît écouter, écouter quelque chose que Tatiana n'entend pas : mes allées et venues le long des murs.

— La chose s'est présentée naturellement. On parlait de toi, de ta vie, de ton ordre dont il paraît un petit peu souffrir. Tu savais?

— Il n'a jamais rien dit là-dessus, je ne me souviens plus — Lol ajoute — il me semble qu'il est heureux quand je sors — Lol ajoute encore : Écoute la musique et comme ils jouent là, dans le billard. Ils nous ont oubliées eux aussi. Nous recevons peu de gens, surtout si tard. Que j'aime ça, tu vois.

— Tu voulais acheter des arbustes, n'est-ce pas? des plants pour une haie? demande cette fois trop naturellement Tatiana.

— Un ami de Jean m'a dit que dans cette région parfois on réussissait à faire pousser des grenadiers. Alors j'ai commencé à chercher.

— Une chance sur mille d'en trouver, Lol.

— Non, dit Lol gravement, aucune.

Ce mensonge ne gêne pas Tatiana, au contraire. Lol V. Stein ment. Prudente, avec, cette fois, des précautions, pour varier la manière, Tatiana s'aventure dans une autre région, plus loin.

— Est-ce que nous étions tellement amies, à ce collège? Sur cette photo comment sommes-nous?

Lol prend un air désolé :

— Je l'ai de nouveau égarée, dit-elle.

Tatiana maintenant le sait : Lol V. Stein ment aussi à Tatiana Karl. Le mensonge est brutal, incompréhensible, d'une insondable obscurité. Lol sourit à Tatiana. On dirait que Tatiana plie bagages, qu'elle va renoncer.

— Je ne sais plus si nous étions très amies, dit Lol.

— Au collège, dit Tatiana. Le collège, tu ne t'en souviens pas?

Tatiana regarde fixement Lol : va-t-elle la rejeter pour toujours, ou au contraire la revoir, la revoir encore avec passion? Lol lui sourit toujours, indifférente. Est-ce avec moi qu'elle se trouve, derrière la baie? ou ailleurs?

— Je ne me souviens pas, dit-elle. D'aucune amitié. De rien de ce genre.

On dirait qu'elle comprend qu'il aurait fallu faire attention, qu'elle s'effraie un peu de ce qui va suivre. Je le vois, ses yeux cherchent les miens. Tatiana n'a rien vu encore. Elle dit, elle ment à son tour, elle essaie :

— Je ne sais pas si je te reverrai aussi souvent que tu as l'air de le souhaiter.

Lol devient suppliante.

— Ah, dit-elle, tu verras bien, tu verras, Tatiana, tu t'habitueras à moi.

— J'ai des amants, dit Tatiana. Mes amants occupent mon temps libre complètement. Je désire que ce soit ainsi.

Lol s'assied. Une tristesse découragée se lit dans son regard.

— Ces mots, dit-elle bas, je ne savais pas que tu les employais, Tatiana.

Elle se lève. Elle s'éloigne de Tatiana sur la pointe des pieds comme s'il y avait un sommeil d'enfant à préserver, tout près. Tatiana la suit, un peu contrite devant ce qu'elle croit être l'agrandissement de la tristesse de Lol. Elles sont à la fenêtre, très près de moi :

— Comment trouves-tu cet ami que nous avons, Jacques Hold?

Lol se détourne vers le parc. Sa voix se hausse, inexpressive, récitative.

— Le meilleur de tous les hommes est mort pour moi. Je n'ai pas d'avis.

Elles se taisent. Je les vois de dos, encadrées par les rideaux de la porte-fenêtre. Tatiana murmure :

— Après tant d'années je voulais te demander si...

Je n'entends pas le reste de la phrase de Tatiana parce que je m'avance vers le perron où Lol se tient maintenant, le dos tourné au jardin. La voix de Lol est toujours claire, sonnante. Elle veut échapper à la confidence, la rendre publique.

— Je ne sais, dit-elle, je ne sais pas si j'y pense encore.

Elle se retourne, sourit, dit presque d'une traite :

— Voici Mr Jacques Hold, vous n'étiez pas au billard?

— J'en viens.

J'arrive dans la lumière. Tout paraît naturel à Tatiana.

— On dirait que vous avez froid, me dit-elle.

Lol nous fait entrer. Elle me sert du cherry que je bois. Tatiana est pensive. Est-elle importunée, mais à peine, parce que je serais venu trop tôt? Non, elle pense trop à Lol pour l'être. Lol, les mains sur les genoux, le corps ployé en avant, dans une pose familière s'adresse à elle.

— De l'amour, dit-elle, je me souviens.

Tatiana fixe le vide.

— Ce bal! oh! Lol, ce bal!

Lol sans changer de pose fixe le même vide que Tatiana.

— Comment? demande-t-elle. Comment sais-tu?

Tatiana doute. Elle crie enfin.

— Mais Lol, j'étais là toute la nuit, près de toi.

Lol ne s'étonne pas, ne cherche même pas à se souvenir, c'est inutile.

— Ah! c'était toi, dit-elle. J'avais oublié.

Tatiana y croit-elle? Elle hésite, épie Lol, pantelante, confirmée au-delà de ses espérances.

Alors Lol demande avec une curiosité brisée, émigrée centenaire de sa jeunesse :

— Je souffrais ? dis-moi Tatiana, je n'ai jamais su.

Tatiana dit :

— Non.

Elle hoche la tête longuement.

— Non. Je suis ton seul témoin. Je peux le dire : non. Tu leur souriais. Tu ne souffrais pas.

Lol enfonce ses doigts dans ses joues. Dans ce bal, toutes les deux, embusquées, m'oublient.

— Je m'en souviens, dit-elle, je devais sourire.

Je tourne autour d'elles dans la pièce. Elles se taisent.

Je sors. Je vais chercher Pierre dans la salle de billard.

— Elles nous attendent.

— Je vous ai cherché.

— J'étais dans le parc. Venez maintenant.

— Vous croyez ?

— Je crois que ça leur est égal de parler devant nous. Peut-être même préfèrent-elles.

Nous entrons dans le salon. Elles se taisent encore.

— Vous n'appelez pas Jean Bedford ?

Lol se lève, pénètre dans le vestibule, ferme une porte — le son du violon s'atténue brusquement.

— Il préfère être loin de nous ce soir.

Elle nous sert du cherry, en reprend. Pierre

Beugner boit d'un trait, le silence l'effraie, il le supporte mal.

— Je suis à la disposition de Tatiana pour partir, dit-il, quand elle le voudra.

— Oh! non, prie Lol.

Je suis debout, je rôde dans la pièce, les yeux sur elle. La chose devrait être évidente. Mais Tatiana est enfoncée dans le bal de T. Beach. Elle n'a pas envie de s'en aller, elle n'a pas répondu à son mari. Ce bal a été aussi celui de Tatiana. Elle revoit, ne voit pas autour d'elle, une personne présente.

— Jean aime de plus en plus la musique, dit Lol. Parfois il joue jusqu'au matin. Cela arrive de plus en plus souvent.

— C'est un homme dont on parle, on parle de ses concerts, dit Pierre Beugner. Il est rare qu'il y ait un dîner, une soirée où il ne soit pas question de lui.

— C'est presque vrai, dis-je.

Lol parle pour les retenir, pour me retenir, cherche comment me faciliter la tâche. Tatiana n'écoute pas.

— Vous, Tatiana, vous en parlez, dit Pierre Beugner, parce qu'il a épousé Lol.

Lol s'assied sur le bord de sa chaise, prête à se lever si quelqu'un donne le signal du départ. Elle dit :

— Jean s'est marié dans des conditions amusantes. C'est sans doute aussi pour cela que les gens en parlent, ils se souviennent de notre mariage.

C'est à Tatiana, alors, que je demande :

— Comment était Michael Richardson?

Elles ne sont pas surprises, se regardent sans fin, sans fin, décident de l'impossibilité de raconter, de rendre compte de ces instants, de cette nuit dont elles connaissent, seules, la véritable épaisseur, dont elles ont vu tomber les heures, une à une jusqu'à la dernière qui trouva l'amour changé de mains, de nom, d'erreur.

— Il n'est jamais revenu, jamais, dit Tatiana. Quelle nuit!

— Revenu?

— Il n'a plus rien à T. Beach. Ses parents sont morts. Il a vendu son héritage aussi, toujours sans revenir.

— Je savais, dit Lol.

Elles parlent entre elles. Le violon continue. Sans doute Jean Bedford joue aussi pour ne pas être avec nous ce soir.

— Il est mort peut-être?

— Peut-être. Tu l'aimais comme la vie même.

Lol fait une moue légère, dubitative.

— La police, pourquoi est-elle venue?

Tatiana nous regarde, un peu dépassée, effarée : ça, elle ne savait pas.

— Non, ta mère en a parlé mais la police n'est pas venue.

Elle réfléchit. Et c'est alors que l'obscurité

revient. Mais elle ne revient que dans le bal, nulle part ailleurs encore.

— Pourtant il me semblait. Il fallait bien qu'il parte?

— Quand?

— Le matin?

C'est à S. Tahla que Lol a vécu toute sa jeunesse, ici, son père était d'origine allemande, il était professeur d'histoire à l'Université, sa mère était de S. Tahla, Lol a un frère de neuf ans plus âgé qu'elle, il vit à Paris, elle ne parle pas de ce seul parent, Lol a rencontré l'homme de T. Beach pendant les vacances scolaires d'été, un matin, aux courts, il avait vingt-cinq ans, fils unique de grands propriétaires des environs, sans emploi, cultivé, brillant, très brillant, d'humeur sombre, Lol dès qu'elle l'a vu a aimé Michael Richardson.

— Du moment qu'il avait changé, il devait partir.

— La femme, dit Tatiana, c'était Anne-Marie Stretter, une Française, la femme du consul de France à Calcutta.

— Elle est morte?

— Non. Elle est vieille.

— Comment sais-tu?

— Je la vois parfois l'été, elle passe quelques jours à T. Beach. C'est fini. Elle n'a jamais quitté son mari. Ça a dû durer très peu entre eux, quelques mois.

— Quelques mois, reprend Lol.

102

Tatiana lui prend les mains, baisse la voix.

— Écoute, Lol, écoute-moi. Pourquoi dis-tu des choses fausses. Tu le fais exprès?

— Autour de moi, recommence Lol, on s'est trompé sur les raisons.

— Réponds-moi.

— J'ai menti.

Je demande :

— Quand?

— Tout le temps.

— Quand tu criais?

Lol n'essaie pas de reculer, elle s'abandonne à Tatiana. Nous ne bougeons pas, ne faisons aucun geste, elles nous ont oubliés.

— Non. Pas là.

— Tu voulais qu'ils restent?

— C'est-à-dire? dit Lol.

— Que vouliez-vous?

Lol se tait. Personne n'insiste. Puis elle me répond.

— Les voir.

Je vais sur le perron. Je l'attends. Depuis la première minute, lorsqu'elles se sont embrassées devant la terrasse, j'attends Lol V. Stein. Elle le veut. Ce soir, en nous retenant, elle joue avec ce feu, cette attente, elle le déplace sans cesse, on dirait qu'elle attend encore à T. Beach ce qui va arriver ici. Je me trompe. Où va-t-on avec elle? On peut se tromper sans cesse mais voici que non, je m'arrête : elle veut voir venir avec moi, s'avancer sur nous, nous engloutir, l'obscurité de demain qui sera celle de la nuit de T. Beach. Elle est la nuit de T. Beach. Tout à l'heure, quand j'embrasserai sa bouche, la porte s'ouvrira, je rentrerai. Pierre Beugner écoute, il ne parle plus de partir, sa gêne a disparu.

— Il était plus jeune qu'elle, dit Tatiana, mais à la fin de la nuit ils paraissaient avoir le même âge. Nous avions tous un âge énorme, incalculable. Tu étais la plus vieille.

Chaque fois que l'une parle une écluse se lève. Je sais que la dernière n'arrivera jamais.

— Avais-tu remarqué, Tatiana, en dansant ils s'étaient dit quelque chose, à la fin?

— J'ai remarqué mais je n'ai pas entendu.

— J'ai entendu : peut-être qu'elle va mourir.

— Non. Tu es toujours restée là où tu étais près de moi, derrière les plantes vertes, au fond, tu n'as pas pu entendre.

Lol revient. La voici, indifférente tout à coup, distraite.

— Ainsi cette femme qui me caressait la main, c'était toi, Tatiana.

— C'était moi.

— Ah! personne, personne n'avait pensé à ça!

Je rentre. Elles se souviennent toutes les deux que je n'ai pas perdu une parole.

— Quand il a commencé à faire clair il t'a cherchée des yeux sans te découvrir. Tu le savais?

Lol ne savait rien.

L'approche de Lol n'existe pas. On ne peut pas se rapprocher ou s'éloigner d'elle. Il faut attendre qu'elle vienne vous chercher, qu'elle veuille. Elle veut, je le comprends clairement, être rencontrée par moi et vue par moi dans un certain espace qu'elle aménage en ce moment. Lequel? Est-il peuplé des fantômes de T. Beach, de la seule survivante Tatiana, piégé de faux-semblants, de vingt femmes aux noms de Lol? Est-il autrement? Tout à l'heure aura lieu ma présentation à Lol, par Lol. Comment m'amènera-t-elle près d'elle?

— Je crois depuis dix ans qu'il n'était resté que trois personnes, eux et moi.

Je demande encore :

— Que désiriez-vous?

Avec strictement la même hésitation, le même intervalle de silence, elle répond :

— Les voir.

Je vois tout. Je vois l'amour même. Les yeux de Lol sont poignardés par la lumière : autour, un cercle noir. Je vois à la fois la lumière et le noir qui la cerne. Elle avance vers moi, toujours, au même pas. Elle ne peut pas avancer plus vite ni ralentir. La moindre modification dans son mouvement m'apparaîtrait comme une catastrophe, l'échec définitif de notre histoire : personne ne serait au rendez-vous.

Mais qu'est-ce que j'ignore de moi-même à ce point et qu'elle me met en demeure de connaître? qui sera là dans cet instant auprès d'elle?

Elle vient. Continue à venir, même en présence des autres. Personne ne la voit avancer.

Elle parle encore de Michael Richardson, ils avaient enfin compris, ils cherchaient à sortir du bal, se trompant, se dirigeant vers des portes imaginaires.

Quand elle parle, quand elle bouge, regarde ou se distrait, j'ai le sentiment d'avoir sous les yeux une façon personnelle et capitale de mentir, un champ immense mais aux limites d'acier, du mensonge. Pour nous, cette femme ment sur T. Beach, sur S. Tahla, sur cette soirée, pour moi, pour nous, elle mentira tout à l'heure sur notre rencontre, je le prévois, elle ment sur elle aussi, pour nous elle ment parce que le divorce dans lequel nous sommes elle et nous, c'est elle seule qui l'a prononcé — mais en silence — dans un rêve si fort qu'il lui a échappé et qu'elle ignore l'avoir eu.

Je désire comme un assoiffé boire le lait brumeux et insipide de la parole qui sort de Lol V. Stein, faire partie de la chose mentie par elle. Qu'elle m'emporte, qu'il en aille enfin différemment de l'aventure désormais, qu'elle me broie avec le reste, je serai servile, que l'espoir soit d'être broyé avec le reste, d'être servile.

Un long silence s'installe. L'attention grandissante que nous nous portons en est cause. Personne ne s'en aperçoit, personne encore, personne? en suis-je sûr?

Lol va vers le perron, lentement, revient de même.

A la voir je pense que cela sera peut-être suffisant pour moi, cela, de la voir et que la chose se ferait ainsi, qu'il sera inutile d'aller plus avant dans les gestes, dans ce qu'on se dira. Mes mains deviennent le piège dans lequel l'immobiliser, la retenir de toujours aller et venir d'un bout à l'autre du temps.

— Il est si tard et Pierre se lève si tôt, dit enfin Tatiana.

Elle a cru que la sortie de Lol était une invite à partir.

— Oh non, dit Lol. Quand j'ai fermé la porte de son bureau Jean n'y a même pas pris garde, non, je t'en prie Tatiana.

— Tu nous excuserais auprès de lui, dit Tatiana. Ce n'est pas grave.

C'est fait, la progression m'a échappé, je regardais Lol : le regard de Tatiana est dur maintenant. Les choses ne vont pas de la façon qu'elle eût souhaitée. Elle vient de le découvrir : Lol ne dit pas tout. Et n'y a-t-il pas dans la pièce, entre l'un et l'autre, comme une circulation souterraine, une odeur de ce poison qu'elle redoute plus que tout autre, en sa présence, une entente dont elle est exclue?

— Il se passe quelque chose dans cette maison, Lol, dit-elle, elle s'efforce de sourire. Ou est-ce une impression? Attendrais-tu quelqu'un que tu

redoutes, à cette heure-ci de la nuit? Pourquoi
nous retiens-tu comme ça?

— Quelqu'un qui ne viendrait que pour vous
seule, dit Pierre Beugner. Il rit.

— Oh! je ne crois pas, dit Lol.

Elle se moque de cette façon que Tatiana
n'aime plus. Non. Je me trompe encore. Tatiana
ne sait rien.

— Au fond, si vous voulez rentrer, vous pouvez
le faire. J'aurais aimé que nous restions encore
ensemble ce soir.

— Tu nous caches quelque chose, Lola, dit
Tatiana.

— Même si Lol disait ce secret, dit Pierre Beugner, il ne serait peut-être pas celui qu'elle croit,
malgré elle, il serait différent, de celui...

Je m'entends dire :

— Assez!

Tatiana reste calme, je me trompe encore.
Tatiana dit :

— Il est si tard, les choses se brouillent.
Excuse-le. Dis-nous quelque chose, Lol.

Lol V. Stein se repose, dirait-on, un petit peu,
lassée d'une victoire qui aurait été trop aisée. Ce
que je sais d'une façon certaine c'est l'enjeu de
cette victoire : le recul de la clarté. Pour d'autres
que nous, à cet instant elle aurait des yeux trop
gais.

Elle le dit sans s'adresser à quiconque :

— C'est le bonheur.

Elle rougit. Elle rit. Le mot l'amuse.

— Mais maintenant vous pouvez vous en aller, ajouta-t-elle.

— Tu ne peux pas dire pourquoi? demande Tatiana.

— Ce ne serait pas clair, ça ne serait pas utile.

Tatiana tape du pied.

— Quand même, dit Tatiana. Un mot, Lol, sur ce bonheur.

— J'ai fait une rencontre ces jours-ci, dit Lol. Le bonheur vient de cette rencontre.

Tatiana se lève. Pierre Beugner se lève à son tour. Ils s'approchent de Lol.

— Ah! c'est ça, c'est ça, dit Tatiana.

Elle vient de frôler l'épouvante, je ne sais pas laquelle, elle a un sourire de convalescente. Elle crie presque.

— Fais attention à toi, Lol, oh! Lola.

Lol se lève à son tour. En face d'elle, derrière Tatiana, Jacques Hold, moi. Il s'est trompé croit-il. Ce n'est pas lui que cherche Lol V. Stein. C'est un autre dont il s'agit. Lol dit :

— Rien ne me gêne dans l'histoire de ma jeunesse. Même si les choses devaient recommencer pour moi, elles ne me gêneraient en rien.

— Fais attention, fais attention, Lol.

Tatiana se retourne vers Jacques Hold.

— Vous venez?

Jacques Hold dit :

— Non.

Tatiana les regarde tous les deux, l'un après l'autre.

— Tiens, tiens, dit-elle. Vous allez tenir compagnie au bonheur de Lol V. Stein?

Elle revient d'accompagner les Beugner. Elle arrive, lentement et s'adosse contre la porte-fenêtre. Le visage baissé, les mains derrière son dos agrippées au rideau, elle reste là. Je vais tomber. Une faiblesse monte dans mon corps, un niveau s'élève, le sang noyé, le cœur est de vase, mou, il s'encrasse, il va s'endormir. Qui a-t-elle rencontré à ma place?

— Alors, cette rencontre?

La bonne femme est voûtée, maigre, dans sa robe noire. Elle lève la main, m'appelle. *un autre*

— Oh! Jacques Hold, j'étais sûre que vous aviez deviné.

Elle appelle au secours la brutalité. Le cirque.

— Dites-le quand même, allez.

— Quoi?

— Qui c'est.

— C'est vous, vous, Jacques Hold. Je vous ai rencontré il y a sept jours, seul d'abord et ensuite en compagnie d'une femme. Je vous ai suivi jusqu'à l'Hôtel des Bois.

J'ai eu peur. Je voudrais revenir vers Tatiana, être dans la rue.

— Pourquoi?

Elle détache ses mains du rideau, se redresse, arrive.

— Je vous ai choisi.

Elle arrive, regarde, nous ne nous sommes jamais encore approchés. Elle est blanche d'une blancheur nue. Elle embrasse ma bouche. Je ne lui donne rien. J'ai eu trop peur, je ne peux pas encore. Elle trouve cette impossibilité attendue. Je suis dans la nuit de T. Beach. C'est fait. Là, on ne donne rien à Lol V. Stein. Elle prend. J'ai encore envie de fuir.

— Mais qu'est-ce que vous voulez?

Elle ne sait pas.

— Je veux, dit-elle.

Elle se tait, regarde ma bouche. Et puis voici, nous avons les yeux dans les yeux. Despotique, irrésistiblement, elle veut.

— Pourquoi?

Elle fait signe : non, dit mon nom.

— Jacques Hold.

Virginité de Lol prononçant ce nom! Qui avait remarqué l'inconsistance de la croyance en cette personne ainsi nommée sinon elle, Lol V. Stein, la soi-disant Lol V. Stein? Fulgurante trouvaille de celui que les autres ont délaissé, qu'ils n'ont pas reconnu, qui ne se voyait pas, inanité partagée par tous les hommes de S. Tahla aussi définissante de moi-même que le parcours de mon sang. Elle m'a cueilli, m'a pris au nid. Pour la première fois mon nom prononcé ne nomme pas.

— Lola Valérie Stein.

— Oui.

A travers la transparence de son être incendié, de sa nature détruite, elle m'accueille d'un sourire. Son choix est exempt de toute préférence. Je suis l'homme de S. Tahla qu'elle a décidé de suivre. Nous voici chevillés ensemble. Notre dépeuplement grandit. Nous nous répétons nos noms.

Je me rapproche de ce corps. Je veux le toucher. De mes mains d'abord et ensuite de mes lèvres.

Je suis devenu maladroit. Au moment où mes mains se posent sur Lol le souvenir d'un mort inconnu me revient : il va servir l'éternel Richardson, l'homme de T. Beach, on se mélangera à lui, pêle-mêle tout ça ne va faire qu'un, on ne va plus reconnaître qui de qui, ni avant, ni après, ni pendant, on va se perdre de vue, de nom, on va mourir ainsi d'avoir oublié morceau par morceau, temps par temps, nom par nom, la mort. Des chemins s'ouvrent. Sa bouche s'ouvre sur la mienne. Sa main ouverte posée sur mon bras préfigure un avenir multiforme et unique, main rayonnante et unie aux phalanges courbées, cassées, d'une légèreté de plume et qui ont, pour moi, la nouveauté d'une fleur.

Elle a un corps long et beau, très droit, raidi par l'observation d'un effacement constant, d'un alignement sur un certain mode appris dans l'enfance, un corps de pensionnaire grandie. Mais sa douce humilité est tout entière dans son visage et dans le geste de ses doigts lorsqu'ils touchent un objet ou ma main.

— Vous avez les yeux parfois si clairs. Vous êtes si blonde.

Les cheveux de Lol ont le grain floral de ses mains. Éblouie, elle dit que je ne me trompe pas.

— C'est vrai.

Son regard luit sous ses paupières très abaissées. Il faut s'habituer à la raréfaction de l'air autour de ces petites planètes bleues auxquelles le regard pèse, s'accroche, en perdition.

— Vous sortiez d'un cinéma. C'était jeudi dernier. Vous vous souvenez comme il faisait chaud ? Vous teniez votre veste dans la main.

J'écoute. Entre les mots le violon s'insinue toujours, s'acharne sur certains traits, reprend.

— Sans même y penser, vous ne saviez pas quoi faire de vous. Vous sortiez de ce couloir noir, de ce cinéma où vous étiez allé seul pour tuer le temps. Ce jour-là vous aviez du temps. Une fois arrivé sur le boulevard vous avez regardé autour de vous les femmes qui passaient.

— Que c'est faux !

— Ah ! peut-être, s'écrie Lol.

Sa voix s'est de nouveau posée bas comme sans

doute dans sa jeunesse, mais elle a gardé son infime lenteur. Elle se met d'elle-même dans mes bras, les yeux clos, attendant qu'autre chose arrive qui doit arriver et dont son corps disait déjà la proche célébration. La voici, dite tout bas :

— La femme qui est venue sur la place des cars, après, c'était Tatiana Karl.

Je ne lui réponds pas.

— C'était elle. Vous étiez un homme qui allait arriver tôt ou tard vers elle. Je le savais.

Ses paupières se recouvrent d'une fine rosée de sueur. J'embrasse les yeux fermés, leur mobilité est sous mes lèvres, ses yeux cachés. Je la lâche. Je la quitte. Je vais à l'autre bout du salon. Elle reste où elle est. Je me renseigne.

— Ce n'est pas que je ressemble à Michael Richardson?

— Non, ce n'est pas cela, dit Lol. Vous ne lui ressemblez pas. Non — elle traîne sur les mots — je ne sais pas ce que c'est.

Le violon cesse. Nous nous taisons. Il reprend.

— Votre chambre s'est éclairée et j'ai vu Tatiana qui passait dans la lumière. Elle était nue sous ses cheveux noirs.

Elle ne bouge pas, les yeux sur le jardin, elle attend. Elle vient de dire que Tatiana est nue sous ses cheveux noirs. Cette phrase est encore la dernière qui a été prononcée. J'entends : « nue sous ses cheveux noirs, nue, nue, cheveux noirs ».

Les deux derniers mots surtout sonnent avec une égale et étrange intensité. Il est vrai que Tatiana était ainsi que Lol vient de la décrire, nue sous ses cheveux noirs. Elle était ainsi dans la chambre fermée, pour son amant. L'intensité de la phrase augmente tout à coup, l'air a claqué autour d'elle, la phrase éclate, elle crève le sens. Je l'entends avec une force assourdissante et je ne la comprends pas, je ne comprends même plus qu'elle ne veut rien dire.

Lol est toujours loin de moi, clouée au sol, toujours tournée vers le jardin, sans un cillement.

La nudité de Tatiana déjà nue grandit dans une surexposition qui la prive toujours davantage du moindre sens possible. Le vide est statue. Le socle est là : la phrase. Le vide est Tatiana nue sous ses cheveux noirs, le fait. Il se transforme, se prodigue, le fait ne contient plus le fait, Tatiana sort d'elle-même, se répand par les fenêtres ouvertes, sur la ville, les routes, boue, liquide, marée de nudité. La voici, Tatiana Karl nue sous ses cheveux, soudain, entre Lol V. Stein et moi. La phrase vient de mourir, je n'entends plus rien, c'est le silence, elle est morte aux pieds de Lol, Tatiana est à sa place. Comme un aveugle, je touche, je ne reconnais rien que j'aie déjà touché. Lol attend que je reconnaisse non un accordement à son regard mais que je n'aie plus peur de Tatiana. Je n'ai plus peur. Nous sommes deux, en ce moment, à voir Tatíana nue sous ses cheveux noirs. Je dis en aveugle :

— Admirable putain, Tatiana.

La tête a bougé. Lol a un accent que je ne lui connaissais pas encore, plaintif et aigu. La bête séparée de la forêt dort, elle rêve de l'équateur de la naissance, dans un frémissement, son rêve solaire pleure.

— La meilleure, la meilleure de toutes n'est-ce pas ?

Je dis :

— La meilleure.

Je vais vers Lol V. Stein. Je l'embrasse, je la lèche, je la sens, je baise ses dents. Elle ne bouge pas. Elle est devenue belle. Elle dit :

— Quelle coïncidence extraòrdinaire.

Je ne réponds pas. Je la laisse encore loin de moi, seule au milieu du salon. Elle ne paraît pas s'apercevoir que je me suis éloigné. Je dis encore :

— Je vais quitter Tatiana Karl.

Elle se laisse glisser sur le sol, muette, elle prend une pose d'une supplication infinie.

— Je vous en supplie, je vous en conjure : ne le faites pas.

Je cours vers elle, je la relève. D'autres pourraient s'y tromper. Son visage n'exprime aucune douleur mais de la confiance.

— Quoi ?

— Je vous en supplie.

— Dites pourquoi ?

Elle dit :

— Je ne veux pas.

Nous sommes enfermés quelque part. Tous les échos se meurent. Je commence à voir clair, petit à petit, très très peu. Je vois des murs, lisses, qui n'offrent aucune prise, ils n'étaient pas là tout à l'heure, ils viennent de s'élever autour de nous. On m'offrirait de me sauver, je ne comprendrais pas. Mon ignorance elle-même est enfermée. Lol se tient devant moi, elle supplie de nouveau, je m'ennuie brusquement à la traduire.

— Je ne quitterai pas Tatiana Karl.

— Oui. Vous devez la revoir.

— Mardi.

Le violon cesse. Il se retire, il laisse derrière lui les cratères ouverts du souvenir immédiat. Je suis épouvanté par les autres gens que Lol.

— Et vous? Vous? Quand?

Elle dit mercredi, l'endroit, l'heure.

Je ne rentre pas chez moi. Rien n'est ouvert dans la ville. Alors je vais devant la villa des Beugner, puis je rentre par la porte du jardinier. La fenêtre de Tatiana est éclairée. Je frappe à la vitre. Elle a l'habitude. Elle s'habille très vite. Il est trois heures du matin. Elle fait très doucement bien que, j'en suis sûr, Pierre Beugner n'ignore rien. Mais c'est elle qui tient à faire comme si la chose était secrète. A S. Tahla elle croit passer pour une femme fidèle. Elle tient à cette réputation.

— Mais, mardi ? demande-t-elle.

— Mardi aussi.

J'ai garé l'auto loin de la grille. Nous allons à l'Hôtel des Bois, tous feux éteints le temps de longer la villa. Dans l'auto, Tatiana demande :

— Comment était Lol après notre départ ?

— Raisonnable.

Lorsque je suis allé à la fenêtre de la chambre de l'Hôtel des Bois où j'attendais Tatiana Karl, le mardi, à l'heure dite, c'était la fin du jour, et que j'ai cru voir à mi-distance entre le pied de la colline et l'hôtel une forme grise, une femme, dont la blondeur cendrée à travers les tiges du seigle ne pouvait pas me tromper, j'ai éprouvé, cependant que je m'attendais à tout, une émotion très violente dont je n'ai pas su tout de suite la vraie nature, entre le doute et l'épouvante, l'horreur et la joie, la tentation de crier gare, de secourir, de repousser pour toujours ou de me prendre pour toujours, pour toute Lol V. Stein, d'amour. J'ai étouffé un cri, j'ai souhaité l'aide de Dieu, je suis sorti en courant, je suis revenu sur mes pas, j'ai tourné en rond dans la chambre, trop seul à aimer ou à ne plus aimer, souffrant, souffrant de l'insuffisance déplorable de mon être à connaître cet événement.

Puis l'émotion s'est apaisée un peu, elle s'est

ramassée sur elle-même, j'ai pu la contenir. Ce moment a coïncidé avec celui où j'ai découvert qu'elle aussi devait me voir.

Je mens. Je n'ai pas bougé de la fenêtre, confirmé jusqu'aux larmes.

Tout à coup la blondeur n'a plus été pareille, elle a bougé puis elle s'est immobilisée. J'ai cru qu'elle devait s'être aperçue que j'avais découvert sa présence.

Nous nous sommes donc regardés, je l'ai cru. Combien de temps?

J'ai tourné la tête, à bout de forces, vers la droite du champ de seigle où elle n'était pas. De ce côté-là Tatiana, en tailleur noir, arrivait. Elle a payé le taxi et s'est engagée lentement entre les aulnes.

Elle a ouvert la porte de la chambre sans frapper, doucement. Je lui ai demandé de venir avec moi à la fenêtre, un moment. Tatiana est venue. Je lui ai montré la colline et le champ de seigle. Je me tenais derrière elle. Ainsi, Tatiana, je la lui ai montrée.

— Nous ne regardons jamais. C'est assez beau de ce côté-ci de l'hôtel.

Tatiana n'a rien vu, elle a regagné le fond de la chambre.

— Non, ce paysage est triste.

Elle m'a appelé.

— Il n'y a rien à voir, viens.

Sans lui faire grâce d'aucune approche, Jacques Hold rejoignit Tatiana Karl.

Jacques Hold posséda Tatiana Karl sans merci. Elle n'opposa aucune résistance, ne dit rien, ne refusa rien, s'émerveilla d'une telle possession.

Leur plaisir fut grand et partagé.

Cet instant d'oubli absolu de Lol, cet instant, cet éclair dilué, dans le temps uniforme de son guet, sans qu'elle ait le moindre espoir de le percevoir, Lol désirait qu'il fût vécu. Il le fut.

Accroché à elle Jacques Hold ne pouvait se séparer de Tatiana Karl. Il lui parla. Tatiana Karl était incertaine de la destination des mots que lui dit Jacques Hold. Sans aucun doute elle ne crut pas qu'ils s'adressaient à elle, ni pour autant à une autre femme, absente ce jour, mais qu'ils exprimaient le besoin de son cœur. Mais pourquoi cette fois-ci plutôt qu'une autre? Tatiana cherchait dans leur histoire, pourquoi.

— Tatiana tu es ma vie, ma vie, Tatiana.

Les divagations de son amant ce jour-là, Tatiana les écouta tout d'abord dans le plaisir qu'elle aime, d'être dans les bras d'un homme une femme mal désignée.

— Tatiana je t'aime, je t'aime Tatiana.

Tatiana acquiesça, consolatrice, maternellement tendre :

— Oui. Je suis là. Près de toi.

Tout d'abord dans le plaisir qu'elle aime de voir dans quelle liberté on était auprès d'elle puis, tout à coup, interdite, dans l'orient pernicieux des mots.

— Tatiana, ma sœur, Tatiana.

Entendre ça, ce qu'il dirait si elle n'était pas Tatiana, ah! douce parole.

— Comment te faire encore plus, Tatiana?

Il devait y avoir une heure que nous étions là tous les trois, qu'elle nous avait vus tour à tour apparaître dans l'encadrement de la fenêtre, ce miroir qui ne reflétait rien et devant lequel elle devait délicieusement ressentir l'éviction souhaitée de sa personne.

— Peut-être que sans le savoir... dit Tatiana, toi et moi...

Ce fut le soir enfin.

Jacques Hold recommença encore avec de plus en plus de mal à posséder Tatiana Karl. A un moment, il parla continûment à une autre qui ne voyait pas, qui n'entendait pas, et dans l'intimité de laquelle, étrangement il parut se trouver.

Et puis le moment arriva où Jacques Hold n'eut plus les moyens de posséder encore Tatiana Karl.

Tatiana Karl crut qu'il s'était endormi. Elle le laissa à ce répit, se blottit contre lui qui était à mille lieues de là, nulle part, dans les champs, et attendit qu'une nouvelle fois encore, il l'empoigne. Mais inutilement. Tandis qu'il dormait, croyait-elle, elle, elle lui parla :

— Ah ces mots, tu devrais te taire, ces mots, quel danger.

Tatiana Karl regretta. Elle n'était pas celle qu'il aurait pu aimer. Mais n'aurait-elle pas pu l'être, elle, autant qu'une autre? Il était entendu depuis le début qu'elle ne serait que la femme de S. Tahla, rien d'autre, rien, qu'elle ne croyait pas que le changement foudroyant de Michael Richardson était pour quelque chose dans cette décision. Mais quel dommage tout à coup, ces mots de sentiment, perdus?

Ce soir-là, pour la première fois depuis le bal de T. Beach, dit Tatiana, elle retrouva, elle eut dans la bouche le goût commun, le sucre du cœur.

Je suis retourné à la fenêtre, elle était toujours là, là dans ce champ, seule dans ce champ d'une manière dont elle ne pouvait témoigner devant personne. J'ai su cela d'elle en même temps que j'ai su mon amour, sa suffisance inviolable, géante aux mains d'enfant.

Il regagna le lit, s'allongea le long de Tatiana Karl. Ils s'enlacèrent dans la fraîcheur du soir naissant. Par la fenêtre ouverte entrait le parfum du seigle. Il le dit à Tatiana.

— L'odeur du seigle?

Elle la sentait. Elle lui dit qu'il était tard et qu'elle devait rentrer. Elle lui donna rendez-vous trois jours après, dans la crainte qu'il refuse. Il accepta au contraire sans même chercher si ce jour-là il était libre.

Du pas de la porte, elle demanda s'il pouvait lui dire quelque chose de son état.

— Je veux te revoir, dit-il, te revoir encore et encore.

— Ah! tu ne devrais pas parler comme ça, tu ne devrais pas.

Quand elle a été partie j'ai éteint les lumières de la chambre afin de permettre à Lol de s'éloigner du champ et de regagner la ville sans risquer de me rencontrer.

Le lendemain je m'arrange pour m'absenter de l'hôpital pendant une heure dans l'après-midi. Je la cherche. Je repasse devant le cinéma devant lequel elle m'a trouvé. Je passe devant chez elle : le salon est ouvert, la voiture de Jean Bedford n'est pas là, c'est un jeudi, j'entends un rire de petite fille qui vient de la pelouse sur laquelle donne la salle de billard, puis deux rires qui s'entremêlent, elle n'a que des filles, trois. Une femme de chambre sort par le perron, jeune et assez belle, en tablier blanc, elle prend une allée qui aboutit à la pelouse, me remarque, arrêté dans la rue, me sourit, disparaît. Je pars. Je veux éviter d'aller vers l'Hôtel des Bois, j'y vais, j'arrête l'auto, je contourne l'hôtel d'assez loin, je fais le tour du champ de seigle, le champ est vide, elle ne vient que lorsque nous y sommes, Tatiana et moi. Je repars. Je roule doucement dans les rues principales, il me vient à l'idée qu'elle est peut-être dans le quartier où habite Tatiana. Elle y est. Elle est dans le boulevard qui longe sa maison, à deux cents mètres de celle-ci. J'arrête l'auto et je la suis à pied. Elle va jusqu'au bout du boulevard. Elle marche assez rapidement, sa démarche est aisée, belle. Elle me paraît plus grande que les deux fois où je l'ai vue. Elle porte son manteau gris, un chapeau noir sans bords. Elle tourne sur la droite dans la direction qui mène vers chez elle, elle disparaît. Je reviens vers l'auto, épuisé. Elle continue donc ses promenades et je pourrai, si je ne peux pas arriver à l'attendre, la rencontrer. Elle marchait assez rapidement, elle ralentissait parfois jusqu'à s'arrêter puis repartait. Elle était plus grande que chez elle, plus élancée. Ce manteau gris je l'ai reconnu, ce chapeau noir sans bords, non, elle ne l'avait pas dans le champ de seigle. Je ne l'aborderai jamais. Moi non plus. Je n'irai pas lui dire : « Je n'ai pas pu attendre jusqu'à tel jour, telle heure. » Demain. Le dimanche, sort-elle ? Le voici. Il est immense et beau. Je ne suis pas de service à l'hôpital. Un jour me sépare d'elle. Je la cherche des heures en auto, à pied. Elle n'est nulle part. Sa maison est toujours pareille, aux baies ouvertes. L'auto de Jean Bedford n'est toujours pas là, aucun rire de petite fille. A cinq heures je vais prendre le thé chez les Beugner. Tatiana me rappelle l'invitation de Lol pour après-demain lundi. Inepte invitation. On dirait qu'elle veut faire comme les autres, dit Tatiana, se ranger. Le soir, ce dimanche soir, je retourne encore devant chez elle. Maison aux baies ouvertes. Le violon de Jean Bedford. Elle est là, elle est là dans le salon, assise. Ses cheveux sont défaits. Autour d'elle trois petites filles circulent, occupées à je ne sais quoi. Elle ne bouge pas, absente, elle ne parle pas aux enfants, les enfants non plus ne lui adressent pas la parole. Une à une, je reste assez longtemps, les petites filles l'embrassent et s'en vont. Des fenêtres s'allument au premier étage. Elle reste dans le salon, dans la même position. Tout à coup, voici qu'elle se sourit à elle-même. Je ne l'appelle pas. Elle se lève, éteint, disparaît. C'est demain.

C'est un salon de thé près de la gare de Green Town. Green Town est à moins d'une heure en car de S. Tahla. C'est elle qui a fixé ce lieu, ce salon de thé.

Elle était déjà là lorsque je suis arrivé. Il n'y avait pas encore beaucoup de monde, il est encore tôt. Je l'ai vue tout de suite, seule, entourée de tables vides. Elle m'a souri, du fond du salon de thé, d'un sourire charmé, conventionnel, différent de celui que je lui connais.

Elle m'a accueilli presque poliment, avec gentillesse. Mais lorsqu'elle a levé les yeux j'ai vu une joie barbare, folle, dont tout son être devait être enfiévré : la joie d'être là, face à lui, à un secret qu'il implique, que jamais elle ne lui dévoilera, il le sait.

— Que je vous ai cherchée, que j'ai marché dans les rues.

— Je me promène, dit-elle, j'ai oublié de vous dire? longuement chaque jour.

— Vous l'avez dit à Tatiana.

Encore une fois je crois que je pourrai m'arrêter là, m'en tenir là, l'avoir sous les yeux, simplement.

Sa vue seule m'effondre. Elle ne réclame aucune parole et elle pourrait supporter un silence indéfini. Je voudrais faire, dire, dire un long mugissement fait de tous mots fondus et revenus au même magma, intelligible à Lol V. Stein. Je me tais. Je dis :

— Je n'ai jamais attendu autant ce jour où il ne se passera rien.

— Nous allons vers quelque chose. Même s'il ne se passe rien nous avançons vers quelque but.

— Lequel !

— Je ne sais pas. Je ne sais quelque chose que sur l'immobilité de la vie. Donc lorsque celle-ci se brise, je le sais.

Elle a remis cette même robe blanche que la première fois chez Tatiana Karl. On la voit sous le manteau de pluie gris dégrafé. Comme je regarde la robe, elle enlève tout à fait le manteau gris. Elle me montre ainsi ses bras nus. L'été est dans ses bras frais.

Elle dit tout bas, penchée en avant :

— Tatiana.

Je n'ai pas douté que c'était une question posée.

— Nous nous sommes vus mardi.

Elle le savait. Elle devient belle, de cette beauté que tard dans la nuit, quatre jours avant, je lui ai arrachée.

Elle demande dans un souffle :

— Comment ?

Je n'ai pas répondu tout de suite. Elle a cru que je me trompais sur la question. Elle continue :

— Comment était Tatiana ?

Si elle n'avait pas parlé de Tatiana Karl, je l'aurais fait. Elle est angoissée. Elle ne sait pas elle-même ce qui va suivre, ce que la réponse va provoquer. Nous sommes deux devant la question, son aveu.

J'accepte ceci. J'ai déjà accepté mardi. Et même sans doute dès les premiers instants de ma rencontre avec elle.

— Tatiana est admirable.

— Vous ne pouvez pas vous passer d'elle, n'est-ce pas ?

Je vois qu'un rêve est presque atteint. Des chairs se déchirent, saignent, se réveillent. Elle essaie d'écouter un vacarme intérieur, elle n'y parvient pas, elle est débordée par l'aboutissement, même inaccompli, de son désir. Ses paupières battent sous l'effet d'une lumière trop forte. Je cesse de la regarder le temps que dure la fin très longue de cet instant.

Je réponds :

— Je ne peux pas me passer d'elle.

Puis, c'est impossible, je la regarde à nouveau.
Des larmes ont rempli ses yeux. Elle réprime une
souffrance très grande dans laquelle elle ne
sombre pas, qu'elle maintient au contraire, de
toutes ses forces, au bord de son expression
culminante qui serait celle du bonheur. Je ne dis
rien. Je ne lui viens pas en aide dans cette irré-
gularité de son être. L'instant se termine. Les
larmes de Lol sont ravalées, retournant au flot
contenu des larmes de son corps. L'instant n'a
pas glissé, ni vers la victoire ni vers la défaite, il
ne s'est coloré de rien, le plaisir seul, négateur,
est passé.

Elle dit :

— Et ce sera encore mieux, vous verrez entre
Tatiana et vous d'ici quelque temps.

Je lui souris, toujours dans le même état igno-
rant et averti à la fois d'un avenir qu'elle seule
désigne sans le connaître.

Nous sommes deux à ne pas savoir. Je dis :

— Je voudrais.

Sa figure change, pâlit.

— Mais nous, dit-elle, qu'est-ce que nous fe-
rions de ça ?

Je comprends, ce verdict, je l'aurais prononcé
à sa place. Je peux me mettre à sa place mais du
côté où elle ne veut pas.

— Je voudrais aussi — dit-elle.

Elle baisse la voix. Sur ses paupières, il y a la sueur dont je connais le goût depuis l'autre nuit.

— Mais Tatiana Karl est là, unique dans votre vie.

Je répète :

— Unique dans ma vie. C'est ainsi que je dis quand j'en parle.

— Il le faut, dit-elle — elle ajouta — déjà, comme je vous aime.

Le mot traverse l'espace, cherche et se pose. Elle a posé le mot sur moi.

Elle aime, aime celui qui doit aimer Tatiana. Personne. Personne n'aime Tatiana en moi. Je fais partie d'une perspective qu'elle est en train de construire avec une obstination impressionnante, je ne lutterai pas. Tatiana, petit à petit, pénètre, enfonce les portes.

— Venez, on va marcher. J'ai certaines choses à vous dire.

Nous avons marché sur le boulevard, derrière la gare où il y avait peu de monde. Je lui ai pris le bras.

— Tatiana est arrivée un peu après moi dans la chambre. Parfois elle le fait exprès pour essayer de me faire croire qu'elle ne viendra pas. Je le sais. Mais hier j'avais une envie folle d'avoir Tatiana avec moi.

J'attends. Elle ne pose pas de questions. Comment savoir qu'elle sait? Qu'elle est sûre que je l'ai découverte dans le seigle? à ceci : qu'elle ne questionne pas? Je reprends :

— Lorsqu'elle est arrivée, elle avait cet air méri-
toire, vous savez, son air de remords et de fausse
honte, mais nous savons, vous et moi, ce que cela
cache en Tatiana.

— Petite Tatiana.

— Oui.

Il raconte à Lol V. Stein :

Tatiana enlève ses vêtements et Jacques Hold
la regarde, regarde avec intérêt celle qui n'est pas
son amour. A chaque vêtement tombé il reconnaît
toujours davantage ce corps insatiable dont l'existence lui est indifférente. Il a déjà exploré ce
corps, il le connaît mieux que Tatiana elle-même.
Il regarde longuement cependant ses clairières
d'un blanc qui se nuance aux contours des formes,
soit du bleu artériel pur, soit du bistre solaire. Il
la regarde jusqu'à perdre de vue l'identité de
chaque forme, de toutes les formes et même du
corps entier.

Mais Tatiana parle.

— Mais Tatiana dit quelque chose, murmure
Lol V. Stein.

A sa convenance j'inventerais Dieu s'il le fallait.

— Elle dit votre nom.

Je n'ai pas inventé.

Il cache le visage de Tatiana Karl sous les draps
et ainsi il a son corps décapité sous la main, à son
aise entière. Il le tourne, le redresse, le dispose
comme il veut, écarte les membres ou les rassemble, regarde intensément sa beauté irréver-

sible, y entre, s'immobilise, attend l'engluement dans l'oubli, l'oubli est là.

— Ah comme Tatiana sait se laisser faire, quelle merveille, que ce doit être extraordinaire.

Ce rendez-vous, ils en ont tiré beaucoup de joie Tatiana et lui, plus que d'habitude.

— Ne dit-elle rien encore?

— Elle parle de Lol V. Stein sous le drap qui la recouvre.

Tatiana raconte avec beaucoup de détails et en revenant souvent sur les mêmes le bal du Casino municipal où Lol, dit-on, a perdu la raison. Très longuement elle décrit la femme maigre habillée de noir, Anne-Marie Stretter, et le couple qu'ils faisaient avec Michael Richardson, comment ils avaient la force de danser encore, comment il était tout à fait étonnant de voir que cette habi-tude avait pu leur rester encore dans cet ouragan de la nuit qui paraissait avoir chassé de leur vie toute habitude, même, dit Tatiana, celle de l'amour.

— Vous n'imaginez pas, dit Lol.

Il faut de nouveau faire taire Tatiana sous le drap. Mais ensuite, encore plus tard, elle recom-mence. Au moment de se quitter elle demande à Jacques Hold s'il a revu Lol. Bien qu'il n'ait rien été convenu entre eux à ce sujet, il décide de mentir à Tatiana.

Lol s'arrête.

— Tatiana ne comprendrait pas, dit-elle.

Je me penche, je sens son visage. Elle a un parfum enfantin comme de talc.

— Je l'ai laissée partir la première contrairement à notre habitude. J'ai éteint la chambre. Je suis resté un long moment dans le noir.

Elle passe à côté de la réponse, à un souffle, juste le temps de dire autre chose — tristement :

— Tatiana est toujours si pressée.

Je réponds :

— Oui.

Elle dit, regardant le boulevard :

— Ce qui s'est passé dans cette chambre entre Tatiana et vous je n'ai pas les moyens de le connaître. Jamais je ne saurai. Lorsque vous me racontez il s'agit d'autre chose.

Elle recommence à marcher, demande tout bas :

— Ce n'est pas moi, n'est-ce pas, Tatiana sous le drap, la tête cachée?

Je l'enlace, je dois lui faire mal, elle pousse un petit cri, je la lâche.

— C'est pour vous.

Nous sommes le long d'un mur, cachés. Elle respire contre ma poitrine. Je ne vois plus son visage si doux, son graphique diaphane, ses yeux presque toujours étonnés, étonnés, chercheurs.

Et voilà que l'idée de son absence m'est devenue insupportable. Je le lui ai dit l'idée torture qui me venait. Elle, elle n'éprouvait rien de pareil, elle était surprise. Elle ne comprenait pas.

— Pourquoi je partirais?

Je me suis excusé. Mais l'horreur, je n'y peux rien, est là. Je reconnais l'absence, son absence d'hier, elle me manque à tout moment, déjà.

Elle a parlé à son mari. Elle lui a dit qu'elle croyait que les choses se terminaient entre elle et lui. Il ne l'a pas crue. N'est-ce pas qu'elle lui a dit déjà, auparavant, des choses de ce genre? Non, jamais elle ne l'avait fait.

Je demande : Est-elle toujours rentrée?

J'ai parlé naturellement mais, elle, ne s'est pas méprise sur le changement de ma voix tout à coup. Elle dit :

— Lol est toujours rentrée sauf avec Jean Bedford.

Elle part dans une longue digression sur une crainte qu'elle a : autour d'elle, on croit qu'il n'est pas impossible qu'elle rechute un jour, surtout son mari. C'est pourquoi elle ne lui a pas parlé aussi nettement qu'elle aurait voulu. Je ne demande pas sur quoi cette crainte serait en ce moment fondée. Elle ne le dit pas. Elle ne doit jamais avoir parlé de cette menace depuis dix ans.

— Jean Bedford croit m'avoir sauvée du désespoir, je ne l'ai jamais démenti, je ne lui ai jamais dit qu'il s'agissait d'autre chose.

— De quoi?

— Je n'ai plus aimé mon fiancé dès que la femme est entrée.

Nous sommes assis sur un banc. Lol a raté le train qu'elle s'était promis de prendre. Je l'embrasse, elle me rend mes baisers.

— Quand je dis que je ne l'aimais plus, je veux dire que vous n'imaginez pas jusqu'où on peut aller dans l'absence d'amour.

— Dites-moi un mot pour le dire.

— Je ne connais pas.

— La vie de Tatiana ne compte pas plus pour moi que celle d'une inconnue, loin, dont je ne saurais même pas le nom.

— C'est plus que ça encore.

Nous ne nous séparons pas. Je l'ai sur les lèvres, chaude.

— C'est un remplacement.

Je ne la lâche pas. Elle me parle. Des trains passent.

— Vous vouliez les voir?

Je prends sa bouche. Je la rassure. Mais elle se dégage, regarde par terre.

— Oui. Je n'étais plus à ma place. Ils m'ont emmenée. Je me suis retrouvée sans eux.

Elle fronce légèrement les sourcils et cela lui est si inhabituel, déjà, je le sais, que je m'alarme.

— J'ai parfois un peu peur que ça recommence.

Je ne la reprends pas dans mes bras.

— Non.

— Mais on n'a pas peur. C'est un mot.

Elle soupire.

— Je ne comprends pas qui est à ma place.

Je la ramène vers moi. Ses lèvres sont fraîches, presque froides.

— Ne change pas.

— Mais si un jour je... — elle cogne sur le mot qu'elle ne trouve pas — est-ce qu'ils me laisseront me promener?

— Je vous cacherai.

— Ils se tromperont ce jour-là?

— Non.

Elle se tourne et dit tout haut dans un sourire d'une confiance vertigineuse.

— Je sais que vous, quoi que je fasse vous le comprendrez. Il faudra prouver aux autres que vous avez raison.

Je vais l'emmener à l'instant pour toujours. Elle se blottit prête à être emportée.

— Je voudrais rester avec vous.

— Pourquoi pas?

— Tatiana.

— C'est vrai.

— Vous pourriez tout aussi bien aimer Tatiana, dit-elle, ce serait pareil pour...

Elle ajoute :

— Je ne comprends pas ce qui se passe.

— Ce serait pareil.

Je demande :

— Pourquoi ce dîner, dans deux jours?

— Il faut, pour Tatiana. Taisons-nous un instant.

Son silence. Nous nous tenons immobiles, nos

visages se touchant à peine, sans un mot, longtemps. Le bruit des trains se fond en une seule
clameur, nous l'entendons. Elle me dit sans bouger, du bout des lèvres :

— Dans un certain état toute trace de sentiment
est chassée. Je ne vous aime pas quand je me tais
d'une certaine façon. Vous avez remarqué?

— J'ai remarqué.

Elle s'étire, elle rit.

— Et puis je recommence à respirer, dit-elle.

Je dois voir Tatiana jeudi à cinq heures. Je le
lui dis.

Il y a donc eu ce repas chez Lol.

Trois autres personnes inconnues de Beugner et de moi sont invitées. Une dame âgée, professeur au conservatoire de musique de U. Bridge, ses deux enfants, un jeune homme et une jeune femme dont le mari, apparemment très attendu par Jean Bedford, ne doit venir qu'après le dîner.

Je suis le dernier arrivé.

Je n'ai pas de rendez-vous avec elle. Au moment de prendre son train elle m'a dit que nous le fixerions ce soir. J'attends.

Le dîner est relativement silencieux. Lol ne fait aucun effort pour qu'il le soit moins, peut-être ne le remarque-t-elle pas. Elle ne prend pas la peine, de toute la soirée, d'indiquer, même par une allusion lointaine, pourquoi elle nous a réunis. Pourquoi? Nous devons être les seules gens qu'elle connaisse suffisamment pour les inviter chez elle. Si Jean Bedford a des amis, des musiciens surtout, je sais par Tatiana qu'il les voit sans sa femme, à l'extérieur. Lol a mis toutes ses connaissances ensemble, c'est clair. Mais pourquoi?

Un aparté se crée entre la dame âgée et Jean Bedford. J'entends : « Si les jeunes connaissaient l'existence de nos concerts, croyez-moi, nous aurions des salles pleines. » La jeune femme parle à Pierre Beugner. J'entends : « Paris en octobre. » Puis : « ... Je m'y suis enfin décidée. »

De nouveau, Tatiana Karl, Lol V. Stein et moi nous nous retrouvons : nous nous taisons. Cette nuit Tatiana m'a téléphoné. Hier j'ai cherché Lol sans la trouver ni en ville ni chez elle. Le salon, elle s'y tient après le dîner avec ses filles, ne s'est pas éclairé. J'ai mal dormi, toujours dans ce même doute que le jour seul dissipe, qu'on s'aperçoive de quelque chose, qu'on ne lui permette plus de sortir seule dans S. Tahla.

Tatiana paraît impatiente de voir le repas se terminer, elle est inquiète. Il me semble qu'elle devrait avoir quelque chose à demander à Lol.

Nous nous taisons toujours à peu près complètement. Tatiana demande à Lol où elle ira passer ses vacances. En France, dit Lol. Nous nous taisons encore. Tatiana nous regarde tour à tour, elle doit constater que l'attention que nous nous portions cette autre fois chez Lol a disparu. Depuis notre dernier rendez-vous à l'Hôtel des

Bois — je vais souvent en célibataire dîner chez les Beugner — elle ne m'a plus parlé de Lol.

La conversation, par échappées, se généralise. On pose des questions à la maîtresse de maison. Les trois personnes invitées sont avec elle dans une familiarité affectueuse. On est un peu plus aimable avec elle qu'il ne faudrait, que le propos ou ses réponses ne le réclament. Dans cette douce amabilité — observée également par son mari — je vois le signe de l'inquiétude passée et à venir, constante, dans laquelle doivent vivre tous ses proches. On lui parle parce qu'il le faut mais on a peur de ses réponses. L'inquiétude est-elle plus accusée ce soir que d'habitude? Je ne sais pas. Si elle ne l'est pas, elle me rassure, j'y vois une confirmation de ce que m'a dit Lol sur son mari : Jean Bedford ne soupçonne rien ni personne, son seul souci, semblerait-il, serait d'empêcher sa femme de glisser dans un propos dangereux, publiquement. Ce soir peut-être surtout. Il ne voit pas d'un bon œil cette soirée qu'il a pourtant laissé donner par Lol. S'il redoute quelqu'un c'est Tatiana Karl, le regard insistant de Tatiana sur sa femme, je le vois bien, je le regarde souvent, il l'a remarqué. Il n'oublie pas Lol lorsqu'il parle de ses concerts avec la vieille dame. Il aime Lol. Mais dépossédé d'elle il est probable qu'il restera ainsi : affable. L'attirance — comme c'est étrange — qu'exerce Lol V. Stein sur nous deux m'éloignerait plutôt de lui. Je ne crois pas qu'il la connaisse autrement que par le ouï-dire de sa folie ancienne, il doit croire avoir une femme pleine de charmes inattendus dont celui, ce n'est pas le moindre, d'être menacée. Il croit protéger sa femme.

Dans un temps mort du dîner, alors que l'absurdité évidente de l'initiative de Lol plane, stérilisante, mon amour s'est vu, je l'ai senti visible et vu malgré moi par Tatiana Karl. Mais Tatiana a encore douté.

On parlait de la précédente maison des Bedford, du parc.

Lol est à ma droite entre Pierre Beugner et moi. Soudain elle avance son visage vers moi sans regard, sans expression, comme si elle allait me poser une question qui ne vient pas. Et ainsi, si proche, c'est à la dame qui est de l'autre côté de la table qu'elle demande :

— Est-ce qu'il y a de nouveau des enfants dans le parc?

Je l'ai sue sur ma droite, une main me séparait de son visage, sortie, surgie de la nébuleuse d'ensemble, tout à coup pointe acerbe, pointe fixe de l'amour. C'est alors que ma respiration s'est brisée, on étouffe parce qu'il y a trop d'air. Tatiana a remarqué. Elle aussi, Lol. Elle s'est retirée très lentement. Le mensonge a été recouvert. Je suis redevenu calme. Tatiana va sans doute de la version de la distraction maladive de Lol à celle d'un geste non tout à fait inconsidéré, — dont elle ignore le sens. La dame n'a rien vu, elle répond :

— Il y a de nouveau des enfants dans le parc.
Ils sont terribles.

— Alors, les petits massifs que j'ai plantés avant
de m'en aller?

— Hélas, Lol.

Lol s'étonne. Elle souhaite une interruption
dans la sempiternelle répétition de la vie.

— On doit détruire les maisons après son passage. Des gens le font.

La dame fait remarquer à Lol avec une ironie
gentille que d'autres pourraient avoir besoin des
demeures par vous délaissées. Lol se met à rire,
à rire. Ce rire me gagne et puis il gagne Tatiana.

Ce parc où ont grandi ses filles, elle semble s'en
être beaucoup occupée durant dix ans de sa vie.
Elle l'a laissé aux nouveaux propriétaires dans un
état parfait. Les amis musiciens parlent des parterres et des arbres avec beaucoup d'éloges. Ce
parc a été concédé à Lol pendant dix ans afin
qu'elle soit là ce soir, miraculeusement préservée
dans sa différence avec ceux qui le lui ont offert.

Ne s'ennuie-t-elle pas de cette maison? lui
demande la jeune femme, cette belle et grande
maison de U. Bridge? Lol ne répond pas tout de
suite, tous la regardent, il passe quelque chose
dans ses yeux, comme un frisson. Elle s'immobilise sous le coup d'un passage en elle, de quoi?
de versions inconnues, sauvages, des oiseaux sauvages de sa vie, qu'en savons-nous? qui la tra-

versent de part en part, s'engouffrent? puis le vent de ce vol s'apaise? Elle répond qu'elle ignore avoir jamais habité. La phrase n'est pas terminée. Deux secondes passent, elle se reprend, dit en riant que c'est là une plaisanterie, une manière de dire qu'elle se plaît davantage ici à S. Tahla qu'à U. Bridge. On ne relève pas, elle prononce bien : S. Tahla, U. Bridge. Elle rit un peu trop, donne trop d'explications. Je souffre, mais à peine, chacun a peur, mais à peine. Lol se tait. Tatiana est confirmée sans doute dans sa version de la distraction. Lol V. Stein est encore malade.

On sort de table.

Le mari de la jeune femme arrive avec deux amis. Il continue à U. Bridge les soirées musicales qu'avait créées Jean Bedford. Ils ne se sont pas vus depuis longtemps, ils parlent avec grand plaisir. Le temps cesse d'être languissant, nous sommes assez nombreux pour que les allées et venues des uns vers les autres passent inaperçues à la plupart excepté à Tatiana Karl.

Peut-être n'est-ce pas étourdiment que Lol nous a réunis ce soir, peut-être est-ce pour nous voir ensemble Tatiana et moi, voir où nous en sommes depuis son irruption dans ma vie. Je ne sais rien.

Dans un mouvement enveloppant de Tatiana, Lol se trouve prise. Je pense à la nuit où l'a rencontrée Jean Bedford : Tatiana tout en lui parlant lui barre le passage avec assez d'adresse pour que Lol ne s'aperçoive qu'elle ne le franchit pas, Tatiana l'empêche d'aller ainsi vers les autres invités, elle la sort de leur groupe, l'amène avec elle, l'isole. C'est fait au bout d'une vingtaine de minutes. Lol paraît bien là où elle se trouve, avec Tatiana, à l'autre bout du salon, assise à une petite table entre le perron et la baie à travers laquelle, l'autre soir, je voyais.

Elles portent toutes deux ce soir des robes sombres qui les allongent, les font plus minces, moins différentes l'une de l'autre, peut-être, aux yeux des hommes. Tatiana Karl, au contraire d'avec ses amants, a une coiffure souple, rejetée, presque à toucher son épaule en une masse nouée, lourde. Sa robe ne resserre pas son corps comme ses austères tailleurs d'après-midi. La robe de Lol, à l'inverse de celle de Tatiana, je crois, prend son corps de près et lui donne davantage encore cette sage raideur de pensionnaire grandie. Elle est coiffée comme d'habitude, un chignon serré au-dessus de la nuque, depuis dix ans peut-être l'est-elle ainsi. Ce soir elle est fardée il me semble un peu trop, sans soin.

Le sourire de Tatiana lorsqu'elle réussit à avoir Lol pour elle je le reconnais. Elle attend la confidence, elle l'espère neuve, touchante mais douteuse, assez maladroitement mensongère pour qu'elle, elle y voie clair.

A les voir réunies ainsi on croirait aisément que Tatiana Karl est avec moi la seule personne à ne pas compter du tout avec la bizarrerie latente ou exprimée de Lol. Je le crois.

Je me rapproche de leur îlot. Tatiana ne me voit pas encore.

Ça a été au mouvement des lèvres de Tatiana que j'ai compris le sens de la question posée à Lol. Le mot bonheur s'y lisait.

— Ton bonheur ? Et ce bonheur ?

Lol sourit dans ma direction. Viens. Elle me laisse le temps d'approcher encore. Je suis de biais par rapport à Tatiana qui ne regarde que Lol. Je viens silencieusement, je glisse entre les autres. Je suis arrivé assez près pour entendre. Je m'arrête. Pourtant Lol ne répond pas encore. Elle lève les yeux sur moi dans l'intention d'informer Tatiana de ma présence. C'est fait. Tatiana réprime vite un agacement certain : c'est à l'Hôtel des Bois qu'elle veut me voir, pas ici avec Lol V. Stein.

De loin nous sommes tous trois dans une indifférence apparente.

Tatiana et moi guettons la réponse de Lol. Le cœur me bat fort et je crains que Tatiana ne découvre, elle seule le peut, ce désordre dans le sang de son amant. Je la frôlais presque. Je recule d'un pas. Elle n'a rien découvert.

Lol va répondre. Je m'attends à tout. Qu'elle m'achève de la même manière qu'elle m'a découvert. Elle répond. Mon cœur s'endort.

— Mon bonheur est là.

Lentement Tatiana Karl se retourne vers moi et,

souriante, avec un sang-froid remarquable elle me prend à témoin de la forme de cette déclaration de son amie.

— Comme elle le dit bien. Vous avez entendu?

— Elle le dit.

— Mais si bien, vous ne trouvez pas?

Alors Tatiana prospecte la pièce, l'assemblée bruyante du bout du salon, ces signes extérieurs de l'existence de Lol.

— Je pense beaucoup à toi depuis que je t'ai revue.

Dans un mouvement enfantin Lol suit des yeux le regard de Tatiana tout autour du salon. Elle ne comprend pas. Tatiana se fait sentencieuse et tendre.

— Mais Jean, dit-elle, et tes petites filles? Qu'est-ce que tu vas faire?

Lol rit.

— Tu les regardais, c'était ça que tu regardais!

Son rire ne peut s'arrêter. Tatiana finit par rire elle aussi, mais douloureusement, elle ne joue plus la mondaine, je reconnais celle qui téléphone de nuit.

— Tu me fais peur Lol.

Lol s'étonne. Son étonnement porte de plein fouet sur la peur que n'avoue pas Tatiana. Elle a décelé le mensonge. C'est fait. Elle demande gravement :

— De quoi as-tu peur Tatiana?

Tatiana ne cache plus rien tout à coup. Mais sans avouer le vrai sens de sa peur.

— Je ne sais pas.

Lol regarde de nouveau le salon et explique à Tatiana une chose différente de celle qu'aurait voulu savoir Tatiana. Elle reprend, Tatiana est prise à son propre piège, sur le bonheur de Lol V. Stein.

— Mais je n'ai rien voulu, tu comprends, Tatiana, je n'ai rien voulu de ce qu'il y a, de ce qui se passe. Rien ne tient.

— Et si vous l'aviez voulu, est-ce que ce ne serait pas pareil maintenant.

Lol réfléchit et son air de recherche, sa feinte oublieuse a la perfection de l'art. Je sais qu'elle dit n'importe quoi :

— C'est pareil. Au premier jour c'était pareil que maintenant. Pour moi.

Tatiana soupire, soupire longuement, se plaint, se plaint, au bord des larmes.

— Mais ce bonheur, ce bonheur, dis-moi, ah! dis-moi un peu.

Je dis :

— Lol V. Stein l'avait sans doute en elle, déjà, lorsqu'elle l'a rencontré.

Avec la même lenteur qu'un moment avant Tatiana s'est retournée vers moi. Je pâlis. Le rideau vient de s'ouvrir sur le tourment de Tatiana Karl. Mais curieusement, sa suspicion ne porte pas immédiatement sur Lol.

— Comment savez-vous ces choses-là sur Lol?

Elle veut dire : comment les savez-vous à la place d'une femme? à la place d'une femme qui pourrait être Lol?

Le ton cinglant et sourd de Tatiana est le même que celui qu'elle a parfois à l'Hôtel des Bois. Lol s'est dressée. Pourquoi cette terreur? Elle a un mouvement de fuite, elle va nous laisser là tous les deux.

— On ne peut pas parler comme ça, on ne peut pas.

— Excuse-moi, dit Tatiana — Jacques Hold est dans un curieux état depuis quelques jours. Il dit n'importe quoi.

Au téléphone elle m'a demandé si j'apercevais une manière possible non d'amour, mais amoureuse, entre nous, plus tard, plus tard.

— Est-ce que tu peux faire comme s'il n'était pas impossible qu'un jour en t'appliquant tu me trouves une nouveauté, je changerai ma voix, mes robes, je couperai mes cheveux, il ne restera rien.

Je n'ai pas démordu de ce à quoi je me tiens. Je lui ai dit que je l'aimais. Elle a raccroché.

Lol est rassurée. Tatiana la supplie de nouveau.

— Dis-moi quelque chose sur le bonheur, dis-le-moi.

Lol demande, sans agacement, avec gentillesse :

— Pourquoi Tatiana?

— Quelle question Lol.

Alors Lol cherche, son visage se crispe, et avec difficulté, elle essaye de parler du bonheur.

— L'autre soir, c'était au crépuscule, mais bien après le moment où le soleil avait disparu. Il y a eu un instant de lumière plus forte, je ne sais pas pourquoi, une minute. Je ne voyais pas directement la mer. Je la voyais devant moi dans une glace sur un mur. J'ai éprouvé une très forte tentation d'y aller, d'aller voir.

Elle ne continue pas. Je demande :

— Vous y êtes allée?

De cela Lol se souvient instantanément.

— Non. J'en suis sûre, je ne suis pas allée sur la plage. L'image dans la glace était là.

Tatiana m'a oublié en faveur de Lol. Elle prend sa main, l'embrasse.

— Dis-moi encore Lol.

— Je ne suis pas allée sur la plage, je, dit Lol.

Tatiana n'insiste pas.

Lol a fait un voyage rapide au bord de la mer hier dans la journée c'est pourquoi je ne l'ai pas trouvée. Elle n'a rien dit. L'image du champ de seigle me revient, brutale, je me demande jusqu'à la torture, je me demande à quoi m'attendre encore de Lol. A quoi? Je suis, je serais donc dupé par sa folie même? Qu'a-t-elle été chercher au bord de la mer, où je ne suis pas, quelle pâture? loin de moi? Si Tatiana ne pose pas la question je vais la poser. Elle la pose.

— Où es-tu allée? On peut te le demander?

Lol dit avec le léger regret que ce soit à Tatiana Karl, ou alors je me trompe encore :

— A T. Beach.

Jean Bedford, sans doute aussi pour briser l'unité de notre groupe, fait marcher le pick-up. Je n'attends pas, je ne me pose même pas la question, je ne calcule pas ce qui serait plus prudent de faire, j'invite Lol. Nous nous éloignons de Tatiana qui reste seule.

Je danse trop lentement et souvent mes pieds s'ankylosent, je rate des temps. Lol s'accorde, distraite, à mes fautes.

Tatiana suit des yeux notre pénible révolution autour du salon.

Enfin, Pierre Beugner vient vers elle. Ils dansent.

Il y a cent ans que j'ai Lol dans les bras. Je lui parle de façon imperceptible. A la faveur des mouvements changeants de Pierre Beugner, Tatiana nous est cachée, elle ne peut alors ni voir ni entendre.

— Vous êtes allée au bord de la mer.

— Hier je suis allée à T. Beach.

— Pourquoi ne rien dire? Pourquoi? Pourquoi y aller?

— Je croyais que

Elle ne termine pas. J'insiste doucement.

— Essayez de me dire. Que...

— Vous auriez deviné.

— C'est impossible, je dois vous voir, c'est impossible.

Voici Tatiana. A-t-elle remarqué que j'ai répété, de façon précipitée, quelque chose? Nous nous taisons. Puis, encore une fois, nous ne sommes plus que sous le regard tiède, un peu, mais à peine, intrigué de Jean Bedford.

Dans mes bras, Lol est égarée — elle ne me suit plus tout à coup — pesante.

— Nous irons ensemble à T. Beach si vous le voulez bien, après-demain.

— Combien de temps?

— Un jour peut-être.

Nous devons nous retrouver à la gare, très tôt. Elle me dit une heure précise. Je dois parler à Pierre Beugner pour le prévenir de mon absence. Dois-je le faire?

J'invente :

Comme ils se taisent encore, pense Tatiana. J'ai l'habitude, je sais le faire sombrer dans des hébétudes muettes et tristes, il en sort avec peine, elles lui plaisent. Ce silence qu'il observe avec Lol V. Stein, je ne crois pas l'avoir vu l'observer avec moi jamais, même la première fois lorsqu'il est venu me chercher, un après-midi, en l'absence de Pierre, et qu'il m'a emmenée, sans un mot, à l'Hôtel des Bois. Voici ce que j'ignore : cet homme qui s'efface, dit qu'il aime, désire, veut revoir, s'efface encore plus à mesure qu'il dit. Je dois avoir un peu de fièvre. Tout me quitte, ma vie, ma vie.

De nouveau, sagement, Lol danse, me suit.
Quand Tatiana ne voit pas je l'écarte un peu
pour voir ses yeux. Je les vois : une transparence
me regarde. De nouveau je ne vois pas. Je l'ai
plaquée contre moi, elle ne résiste pas, personne
ne nous remarque je crois. La transparence m'a
traversé, je la vois encore, buée maintenant, elle
est allée vers autre chose de plus vague, sans fin,
elle ira vers autre chose que je ne connaîtrai
jamais, sans fin.

— Lol Valérie Stein, hé?

— Ah oui.

Je lui ai fait mal. Je l'ai senti à un « ah » chaud
dans mon cou.

— Il faudra en finir. Quand?

Elle ne répond pas. La surveillance de Tatiana
recommence.

J'invente : Tatiana parle à Pierre Beugner :

— Il faudra que je parle de Lol à Jacques Hold.

Pierre Beugner se trompe-t-il sur l'intention
véritable? Il porte à Tatiana un amour revenu de
bien des épreuves, sentiment qu'il traîne mais
qu'il traînera jusqu'à la mort, ils sont unis, leur
maison est solide plus qu'une autre, elle a résisté
à tous les vents. Dans la vie de Tatiana, l'impé-
rieuse obligation première et dernière à laquelle
il n'est pas pensable qu'elle se dérobe un jour,
c'est de revenir toujours, Pierre Beugner est son
retour, sa trêve, sa seule constance.

J'invente :

Ce soir, Pierre Beugner perçoit, l'oreille collée au mur, la fêlure que Lol, elle, entend toujours dans la voix de sa femme.

Leur intimité dans ce moment-ci de leur existence, c'est moi qui en fais les frais, sans qu'il en soit jamais question entre eux.

Pierre Beugner dit :

— Lol V. Stein est encore malade, vous avez vu, à table, cette absence, comme c'était impressionnant, et c'est sans doute ça qui intéresse Jacques Hold.

— Vous croyez? Mais elle, se prête-t-elle à cet intérêt?

Pierre Beugner console :

— La pauvre, comment voulez-vous?

Pierre Beugner presse sa femme dans ses bras, il veut empêcher la souffrance, encore débutante, de prendre corps. Il dit :

— Pour ma part je n'ai rien remarqué entre eux, rien, je dois le dire, à part cet intérêt que je vous disais.

Tatiana s'impatiente un peu mais ne le montre pas.

— Si vous les regardiez bien.

— Je vais le faire.

Un autre disque a remplacé le premier. Les couples ne se sont pas séparés. Ils sont à l'autre bout du salon. La chose remarquable tout à coup, ce n'est pas leur maladresse qui maintenant n'est pas aussi flagrante, c'est l'expression de leur visage tandis qu'ils dansent, ni aimable, ni polie, ni ennuyée et qui est celle — Tatiana a raison — de l'observation rigoureuse d'une réserve étouffante. Surtout lorsque Jacques Hold parle à Lol et que celle-ci lui répond sans que rien dans cette réserve ne se modifie, ne fasse deviner un peu la nature de la question posée ou de celle de la réponse qui va lui être faite.

Lol me répond :

— Si on savait quand.

J'ai oublié Tatiana Karl, ce crime, je l'ai commis. J'étais dans le train, je l'avais près de moi, pour des heures, nous roulions déjà vers T. Beach.

— Pourquoi faire ce voyage maintenant ?

— C'est l'été. C'est le moment.

Comme je ne lui réponds pas, elle m'explique.

— Et puis il faut aller vite, Tatiana s'est mise à vous.

Elle s'arrête. Lol désirait-elle que ceci que j'invente se passe entre Pierre Beugner et Tatiana ?

— Vous le vouliez ?

— Oui. Mais vous deviez aussi. Elle ne devait rien savoir.

Presque mondaine, elle pourrait rassurer des observateurs moins difficiles que Tatiana et Pierre Beugner.

— Je peux me tromper. Peut-être que tout est parfait.

— Pourquoi T. Beach encore une fois ?

— Pour moi.

Pierre Beugner me sourit avec cordialité. Au fond de ce sourire il y a maintenant une certitude, un avertissement que demain, si Tatiana pleure, je serai révoqué de son service à l'hôpital départemental. J'invente que Pierre Beugner ment.

— Vous vous faites des idées, dit-il à sa femme. Lol V. Stein lui est parfaitement indifférente. Il écoute à peine ce qu'elle dit.

Tatiana Karl se trouve environnée par le mensonge, elle a un vertige et l'idée de sa mort afflue, eau fraîche, qu'elle se répande sur cette brûlure, qu'elle vienne recouvrir cette honte, qu'elle vienne, alors la vérité se fera. Quelle vérité ? Tatiana soupire. La danse est terminée.

J'ai dansé avec la femme de U. Bridge, bien, et je lui ai parlé, j'ai commis ce crime aussi, avec soulagement, je l'ai commis. Et Tatiana a dû être sûre que c'était Lol V. Stein. Mais ce que je trouve d'intéressant à Lol V. Stein, l'aurais-je découvert seul, n'est-ce pas elle qui me l'a montré, n'est-ce pas chose d'elle ? La seule nouveauté pour Tatiana trahie, ce soir, depuis des années, c'est de souffrir. J'invente que cette nouveauté vrille le cœur, ouvre des vannes de sueur dans l'épaisseur de la somptueuse chevelure, prive le regard de sa désolation superbe, le rétrécit, fait chanceler le pessimisme d'hier : qui sait ? peut-être, l'étendard blanc des amants du premier voyage passera-t-il très près de ma maison.

Tatiana traverse l'assemblée, arrive, me demande de danser avec elle cette danse qui commence.

Je danse avec Tatiana Karl.

Lol est assise près du phonographe. Elle paraît être seule à ne pas avoir remarqué. Des disques lui passent entre les mains, elle paraît découragée. Ce que je crois sur Lol V. Stein, ce soir : les choses se précisent autour d'elle et elle en aperçoit tout à coup les arêtes vives, les restes qui traînent partout dans le monde, qui tournent, ce déchet à moitié rongé par les rats déjà, la douleur de Tatiana, elle le voit, elle est embarrassée, partout le sentiment, on glisse sur cette graisse. Elle croyait qu'un temps était possible qui se remplit et se vide alternativement, qui s'emplit et se désemplit, puis qui est prêt encore, toujours, à servir, elle le croit encore, elle le croira toujours, jamais elle ne guérira.

Tatiana me parle de Lol à voix basse, pressée.

— Quand Lol parle du bonheur, de quoi parle-t-elle ?

Je n'ai pas menti.

— Je ne sais pas.

— Mais qu'est-ce que tu as, qu'est-ce que tu as ?

Avec indécence, pour la première fois depuis sa liaison avec Jacques Hold, Tatiana Karl en présence de son mari lève son visage vers son amant, si près, qu'il pourrait poser les lèvres sur ses yeux. Je dis :

— Je t'aime.

Les mots une fois prononcés, la bouche est restée entrouverte, pour qu'ils s'écoulent jusqu'à la dernière goutte. Mais il faudra recommencer si l'ordre en est encore donné. Tatiana a vu que ses yeux, sous ses paupières baissées, regardaient plus que jamais à côté d'elle, là où elle ne se trouve pas, vers les mains infirmes de Lol V. Stein sur les disques.

Ce matin au téléphone, je lui avais déjà dit.

Elle frémit sous l'outrage mais le coup est donné, assommée Tatiana. Ces mots, elle les prend quand elle les trouve, Tatiana Karl, aujourd'hui elle se débat, mais elle les a entendus.

— Menteur, menteur.

Elle baisse la tête.

— Je ne peux plus voir tes yeux, tes sales yeux.

Et puis :

— C'est parce que tu crois que pour ce que nous faisons ensemble ça n'a pas d'importance, c'est ça?

— Non. C'est que c'est vrai, je t'aime.

— Tais-toi.

Elle ramasse ses forces, essaye de frapper plus loin, plus fort.

— As-tu remarqué cette allure, ce corps, de Lol, à côté du mien comme il est mort, comme il ne dit rien?

— J'ai remarqué.

— As-tu remarqué autre chose d'elle que tu pourrais me dire?

Lol est toujours seule, là-bas, des disques dans ses mains passent.

— C'est difficile. Lol V. Stein n'est pour ainsi dire personne de conséquent.

D'une voix soulagée en apparence, d'un ton presque léger, Tatiana Karl profère une menace dont elle ignore la portée, qui contient pour moi une épouvante sans nom.

— Vois-tu, si tu changeais trop à mon égard, je cesserais de te voir.

Je suis allé après la danse vers Pierre Beugner pour lui dire mon intention de m'absenter toute la journée du surlendemain. Il ne m'a pas posé de questions.

Et puis je suis revenu vers Tatiana, encore. Je lui ai dit :

— Demain. A six heures. Je serai à l'Hôtel des Bois.

Elle a dit :

— Non.

Je suis au rendez-vous, six heures, le jour dit.
Tatiana ne viendra sans doute pas.

La forme grise est dans le champ de seigle. Je
reste assez longtemps à la fenêtre. Elle ne bouge
pas. On dirait qu'elle s'est endormie.

Je m'allonge sur le lit. Une heure passe. J'allume quand il le faut.

Je me lève, je me déshabille, je m'allonge
encore. Je brûle du désir de Tatiana. J'en pleure.

Je ne sais que faire. Je vais à la fenêtre, oui, elle
dort. Elle vient là pour dormir. Dors. Je repars, je
m'allonge encore. Je me caresse. Il parle à Lol
V. Stein perdue pour toujours, il la console d'un
malheur inexistant et qu'elle ignore. Il passe ainsi
le temps. L'oubli vient. Il appelle Tatiana, lui
demande de l'aider.

Tatiana est entrée, décoiffée, les yeux rouges
elle aussi. Lol est dans son bonheur, notre tristesse qui le porte me paraît négligeable. L'odeur
du champ arrivait jusqu'à moi. Et voici celle de
Tatiana qui l'écrase.

Elle s'assied sur le bord du lit, et puis lentement, elle se déshabille, s'allonge à mes côtés, elle pleure. Je lui dis :

— Je suis moi-même dans le désespoir.

Je n'essaye même pas de la prendre, je sais que je serai impuissant à le faire. J'ai trop d'amour pour cette forme dans le champ, désormais, trop d'amour, c'est fini.

— Tu es venue trop tard.

Elle enfouit son visage dans les draps, parle à une grande distance.

— Quand ?

Je ne peux plus mentir. Je caresse ses cheveux qui ont coulé entre les draps.

— Cette année, cet été, tu es venue trop tard.

— Je ne pouvais pas venir à l'heure juste. C'est parce que c'est trop tard que je t'aime.

Elle se relève, dresse la tête.

— C'est Lol ?

— Je ne sais pas.

Des larmes encore.

— C'est notre petite Lola ?

— Rentre chez toi.

— Cette dingue ?

Elle crie. Je l'empêche, de ma main.

— Dis-moi que c'est Lol ou je crie.

Je mens pour la dernière fois.

— Non. Ce n'est pas Lol.

Elle se relève, circule nue dans la pièce, va à la fenêtre, revient, y retourne, elle ne sait pas où se mettre elle non plus, elle a quelque chose à dire, elle hésite, qui n'arrive pas à sortir et qui sort tout bas. Elle m'informe.

— Nous allons cesser de nous voir. C'est fini.

— Je sais.

Tatiana a honte de ce qui suivra dans les jours prochains, elle se cache le visage dans les mains.

— Notre petite Lola, c'est elle, je le sais.

De nouveau la colère la prend au songe tendre.

— Comment est-ce possible ? une dingue ?

— Ce n'est pas Lol.

Encore plus calme, elle tremble tout entière. Elle vient près de moi. Ses yeux crèvent mes yeux.

— Je saurai tu sais.

Elle s'éloigne, elle est face au champ de seigle, je ne vois plus son visage, il est tourné vers le champ, puis je le revois, il n'a pas changé. Elle regardait le soleil couchant, le champ de seigle incendié.

— Je saurai le faire, la prévenir avec douceur, moi je saurais, sans lui faire aucun mal, lui dire de te laisser tranquille. Elle est folle, elle ne souffrira pas, c'est comme ça les fous, tu sais ?

— Vendredi à six heures, Tatiana, tu viendras encore une fois.

Elle pleure. Les larmes coulent encore, de loin, de derrière les larmes, attendues comme toutes les larmes, enfin arrivées, et, il me semble m'en souvenir, Tatiana paraissait ne pas en être mécontente, s'en trouver rajeunie.

Comme la première fois Lol est déjà là sur le quai de la gare, presque seule, les trains des travailleurs sont plus tôt, le vent frais court sous son manteau gris, son ombre est allongée sur la pierre du quai vers celles du matin, elle est mêlée à une lumière verte qui divague et s'accroche partout dans des myriades de petits éclatements aveuglants, s'accroche à ses yeux qui rient, de loin, et viennent à ma rencontre, leur minerai de chair brille, brille, à découvert.

Elle ne se presse pas, le train n'est que dans cinq minutes, elle est un peu décoiffée, sans chapeau, elle a, pour venir, traversé des jardins, et des jardins où rien n'arrête le vent.

De près dans le minerai, je reconnais la joie de tout l'être de Lol V. Stein. Elle baigne dans la joie. Les signes de celle-ci sont éclairés jusqu'à la limite du possible, ils sortent par flots d'elle-même tout entière. Il n'y a, strictement, de cette joie, qui ne peut se voir, que la cause.

Aussitôt que je l'ai vue dans son manteau gris,

dans son uniforme de S. Tahla, elle a été la femme du champ de seigle derrière l'Hôtel des Bois. Celle qui ne l'est pas. Et celle qui l'est dans ce champ et à mes côtés, je les ai eues, enfermées toutes deux en moi.

Le reste, je l'ai oublié.

Et durant le voyage toute la journée cette situation est restée inchangée, elle a été à côté de moi séparée de moi, gouffre et sœur. Puisque je sais — ai-je jamais su à ce point quelque chose? — qu'elle m'est inconnaissable, on ne peut pas être plus près d'un être humain que je le suis d'elle, plus près d'elle qu'elle-même si constamment envolée de sa vie vivante. Si d'autres viennent après moi qui le sauront aussi j'en accepte la venue.

Nous faisons les cent pas sur le quai de la gare, sans rien dire. Dès que notre regard se rencontre on rit.

Ce train est presque vide entre celui des voyageurs et celui des ouvriers, il ne sert qu'à nous. Elle l'a choisi exprès, dit-elle, parce qu'il est très lent. Nous serons aux environs de midi à T. Beach.

— Je désirais revoir T. Beach avec vous.

— Vous l'avez revu avant-hier déjà.

Trouvait-elle sans importance de le dire ou non?

— Non, je n'y suis jamais revenue tout à fait. Avant-hier je n'ai pas quitté la gare. J'étais dans

166

la salle d'attente. J'ai dormi. Sans vous j'ai compris que ça n'en vaudrait pas la peine. Je n'aurais rien reconnu. J'ai pris le premier train qui revenait.

Elle bascula tout entière contre moi, mollement, pudiquement. Elle réclamait d'être embrassée sans le demander.

— Je ne peux plus me passer de vous dans mon souvenir de T. Beach.

Je l'ai prise par la taille et je l'ai caressée. Le compartiment est vide comme un lit fait. Des petites filles, trois, me passent par la tête. Je ne les connais pas. L'aînée, c'est Lol, dit Tatiana.

— Tatiana, dit-elle tout bas.

— Tatiana a été là hier. Vous aviez raison. Admirable Tatiana.

Tatiana est là, comme une autre, Tatiana par exemple, enlisée en nous, celle d'hier et celle de demain, quelle qu'elle soit. Son corps chaud et bâillonné je m'y enfonce, heure creuse pour Lol, heure éblouissante de son oubli, je me greffe, je pompe le sang de Tatiana. Tatiana est là, pour que j'y oublie Lol V. Stein. Sous moi, elle devient lentement exsangue.

Le seigle bruisse dans le vent du soir autour du corps de cette femme qui regarde un hôtel où je suis avec une autre, Tatiana.

Lol, près de moi, se rapproche, se rapproche de Tatiana. Comme elle voudrait. Le compartiment aux arrêts reste vide. Nous y sommes encore seuls.

— Vous voulez que je vous emmène à l'hôtel tout à l'heure.

— Je ne crois pas. J'ai cette envie. Plus.

Ça ne continue pas. Elle prend mes mains que j'avais retirées et les repose sur elle. Je dis, je supplie :

— Je ne peux pas, je dois vous voir chaque jour.

— Je ne peux pas non plus. Il faut faire attention. Il y a deux jours je suis rentrée tard, j'ai trouvé Jean dans la rue, il m'attendait.

Je doute : m'a-t-elle vu à la fenêtre de l'hôtel, l'avant-dernière fois, cette fois dernière? A-t-elle vu que je la voyais? Elle parle de cet incident naturellement. Je ne demande pas d'où elle venait. Elle le dit.

— Quelquefois je sors tard, cette fois-là.

— Et vous avez recommencé?

— Oui. Mais il ne m'attendait plus. C'est ça qui est grave. Pour ce qui est de nous revoir, on ne pourrait pas chaque jour puisqu'il y a Tatiana.

Elle se blottit de nouveau, ferme les yeux, se tait, attentivement. Son contentement respire profondément à mes côtés. Aucun signe de sa différence sous ma main, sous mes yeux. Et pourtant, et pourtant. Qui est là en ce moment, si près et si loin, quelles idées rôdeuses viennent et reviennent la visiter, de nuit, de jour, dans toutes les lumières? en ce moment même? En cet instant où je pourrais la croire dans ce train, près de moi, comme d'autres femmes le seraient? Autour de nous, les murs : j'essaie de remonter, je m'accroche, je retombe, je recommence, peut-être, peut-être, mais ma raison reste égale, impavide et je tombe.

— Je voudrais vous parler un peu du bonheur que j'éprouve à vous aimer, dit-elle. J'ai besoin de vous le dire depuis quelques jours.

Le soleil de la vitre est sur elle. Ses doigts remuent ponctuant la phrase et retombent sur sa jupe blanche. Je ne vois pas son visage.

— Je ne vous aime pas cependant je vous aime, vous me comprenez.

Je demande :

— Pourquoi ne pas vous tuer? Pourquoi ne vous êtes-vous pas encore tuée?

— Non, vous vous trompez, ce n'est pas ça.

Elle le dit sans tristesse. Si je me trompe, c'est moins gravement que les autres. Je ne peux me tromper sur elle que profondément. Elle le sait. Elle dit :

— C'est la première fois que vous vous trompez.

— Ça vous plaît?

— Oui. Surtout de cette façon. Vous êtes si près de

Elle raconte ce bonheur d'aimer, matériellement. Dans sa vie de chaque jour, avec un autre homme que moi, ce bonheur existe sans drame aucun.

Dans quelques heures ou dans quelques jours,

quand la fin viendra-t-elle? On va la reprendre vite. On la consolera, on l'entourera d'affection dans sa maison de S. Tahla.

— Je vous cache des choses, c'est vrai. La nuit je rêve de vous dire. Mais avec le jour tout se calme. Je comprends.

— Il ne faut pas tout me dire.

— Il ne faut pas, non. Voyez, je ne mens pas.

Depuis trois nuits, depuis son voyage à T. Beach, je crains un autre voyage qu'elle ferait. La peur ne se dissipe pas avec le matin. Je ne lui dis pas que je l'ai suivie dans ses promenades, que je vais devant chez elle chaque jour.

— Parfois dans la journée, j'arrive à m'imaginer sans vous, je vous connais quand même, mais vous n'êtes plus là, vous avez disparu vous aussi; je ne fais pas de bêtises, je me promène, je dors très bien. Je me sens bien sans vous depuis que je vous connais. C'est peut-être dans ces moments-là, quand j'arrive à croire que vous avez disparu que

J'attends. Quand elle cherche, elle arrive à continuer. Elle cherche. Ses paupières fermées battent imperceptiblement avec son cœur, elle est calme, cela lui plaît aujourd'hui de parler.

— que je suis le mieux, celle que je dois.

— La souffrance recommencerait quand?

Elle s'étonne.

— Mais. Non.

— Jamais ça ne vous arrive?

Le ton varie, elle cache quelque chose.

— Vous voyez, ça, c'est curieux n'est-ce pas? Je ne sais pas.

— Jamais, jamais?

Elle cherche.

— Quand le travail est mal fait à la maison — elle se plaint — ne me posez pas de questions.

— C'est fini.

Elle est calme de nouveau, elle est grave, elle pense, au bout d'une longue minute voici qu'elle crie cette pensée.

— Ah, je voudrais pouvoir vous donner mon ingratitude, comme je suis laide, comme quoi on ne peut pas m'aimer, je voudrais vous donner ça.

— Tu me l'as donné.

Elle relève un peu son visage, d'abord étonné puis d'un seul coup vieilli, déformé par une émotion très forte qui le prive de sa grâce, de sa finesse, le rend charnel. J'imagine sa nudité auprès de la mienne, complète, curieusement, pour la première fois, le temps extraordinairement rapide de savoir que si le moment en vient je ne pourrai peut-être pas la supporter. Corps de Lol V. Stein, si lointain, et pourtant indissolublement marié à lui-même, solitaire.

Elle continue à raconter son bonheur.

— La mer était dans la glace de la salle d'attente. La plage était vide à cette heure-là. J'avais pris un train très lent. Tous les baigneurs étaient

rentrés. La mer était comme quand j'étais jeune.
Vous n'étiez pas du tout dans la ville, même avant.
Si je croyais en vous comme les autres croient en
Dieu je pourrais me demander pourquoi vous,
à quoi ça rime? Pourtant la plage était vide autant
que si elle n'avait pas été finie par Dieu.

Je lui raconte à mon tour ce qui s'est passé
l'avant-veille dans ma chambre : j'avais bien
regardé ma chambre et j'avais déplacé divers
objets, comme en cachette, et en accord avec la
vision qu'elle en aurait eue elle, si elle était venue,
et aussi en accord avec sa place entre eux, elle
mouvante, entre eux immobiles. Je les ai imaginés
déplacés de si nombreuses fois qu'une souffrance s'est emparée de moi, une sorte de malheur
s'est logé dans mes mains, à ne pas pouvoir décider de la place exacte de ces objets par rapport
à sa vie. J'ai abandonné la partie, je n'ai plus
essayé de la mettre vivante dans la mort des
choses.

Je ne la lâche pas tandis que je lui raconte. Il
faut la tenir toujours, ne pas la lâcher. Elle reste.
Elle parle.

Je comprends ce qu'elle veut me dire : ce que je
raconte à propos des objets de ma chambre, s'est
produit avec son corps, ça l'y fait penser. Elle l'a
promené dans la ville. Mais ce n'est plus suffisant. Elle se demande encore où ce corps devrait
être, où le mettre exactement, pour qu'il s'arrête
de se plaindre.

— Je suis moins loin qu'avant de savoir. J'ai été longtemps à le mettre ailleurs que là où il aurait dû être. Maintenant je crois que je me rapproche de là où il serait heureux.

Par son visage et seulement par lui, alors que je le touche avec ma main ouverte de façon de plus en plus pressée et brutale, elle éprouve le plaisir de l'amour. Je ne me suis pas trompé. Je la regardais de si près. La chaleur entière de sa respiration m'a brûlé la bouche. Ses yeux sont morts et quand ils se sont rouverts j'ai eu sur moi aussi son premier regard d'évanouie. Elle gémit faiblement. Le regard est sorti de sa plongée et s'est posé sur moi, triste et nul. Elle dit :

— Tatiana.

Je la rassure.

— Demain. Dès demain.

Je la prends dans mes bras. Nous regardons le paysage. Voici une gare. Le train s'arrête. Une petite ville se groupe autour d'un Hôtel de Ville nouvellement repeint en jaune. Elle commence à se souvenir matériellement des lieux.

— C'est l'avant-dernière gare avant T. Beach, dit-elle.

Elle parle, se parle. J'écoute attentivement un monologue un peu incohérent, sans importance quant à moi. J'écoute sa mémoire se mettre en marche, s'appréhender des formes creuses qu'elle juxtapose les unes aux autres comme dans un jeu aux règles perdues.

— Il y avait du blé là. Du blé mûr. — Elle ajoute.
— Quelle patience.

Ç'avait été par ce train qu'elle était repartie pour toujours, dans un compartiment comme celui-ci, entourée de parents qui essuient la sueur qui coule de son front, qui la font boire, qui la font s'allonger sur la banquette, une mère l'appelle son petit oiseau, sa beauté.

— Ce bois, le train passait plus loin. Il n'y avait aucune ombre sur la campagne et pourtant il faisait grand soleil. J'ai mal aux yeux.

— Mais avant-hier il y avait du soleil?

Elle n'a pas remarqué. Avant-hier qu'a-t-elle vu? Je ne le lui demande pas. Elle se trouve en ce moment dans un déroulement mécanique de reconnaissances successives des lieux, des choses, ce sont ceux-là, elle ne peut pas se tromper, nous sommes bien dans le train qui mène à T. Beach. Elle rassemble dans un échafaudage qui lui est momentanément nécessaire, on le dirait, un bois, du blé, de la patience.

Elle est très occupée par ce qu'elle cherche à revoir. C'est la première fois qu'elle s'absente si fort de moi. Pourtant de temps en temps elle tourne la tête et me sourit comme quelqu'un, il ne faudrait pas que je le croie, qui n'oublie pas.

L'approche diminue, la presse, à la fin elle parle presque tout le temps. Je n'entends pas tout. Je la tiens toujours dans mes bras. Quelqu'un qui vomit, on le tient tendrement. Je me

174

mets à regarder moi aussi ces lieux indestruc-
tibles qui en ce moment deviennent ceux de mon
avènement. Voici venue l'heure de mon accès à
la mémoire de Lol V. Stein.

Le bal sera au bout du voyage, il tombera
comme château de cartes comme en ce moment
le voyage lui-même. Elle revoit sa mémoire-ci
pour la dernière fois de sa vie, elle l'enterre. Dans
l'avenir ce sera de cette vision aujourd'hui, de
cette compagnie-ci à ses côtés qu'elle se souvien-
dra. Il en sera comme pour S. Tahla maintenant,
ruinée sous ses pas du présent. Je dis :

— Ah je vous aime tant. Qu'allons-nous faire ?

Elle dit qu'elle sait. Elle ne sait pas.

Le train avance plus lentement dans une campagne ensoleillée. L'horizon s'éclaire de plus en
plus. Nous allons arriver dans une région où la
lumière baignera tout, à une heure propice, celle
qui vide les plages, il sera vers midi.

— Quand vous regardez Tatiana sans la voir
comme l'autre soir, il me semble que je reconnais
quelqu'un d'oublié, Tatiana elle-même pendant
le bal. Alors, j'ai un peu peur. Peut-être qu'il ne
faudrait plus que je vous voie ensemble sauf

Elle a parlé rapidement. Peut-être la phrase
a-t-elle été inachevée cette fois-ci par le premier coup de freins de l'arrêt : nous arrivons à
T. Beach. Elle se lève, va à la vitre, je me lève
aussi et ensemble nous voyons venir la station
balnéaire.

Elle étincelle dans la lumière verticale.

Voici la mer, calme, irisée différemment suivant ses fonds, d'un bleu lassé.

Le train descend vers elle. Dans la hauteur du ciel, au-dessus, il y a, suspendue, une brume violette que le soleil déchire en ce moment.

On peut voir qu'il y a très peu de monde sur la plage. La courbe majestueuse d'un golfe est colorée d'une large ronde de cabines de bains. Des hauts lampadaires blancs régulièrement espacés donnent à la place l'allure altière d'un grand boulevard, une altitude étrange, urbaine, comme si la mer avait gagné sur la ville, depuis l'enfance.

Au centre de T. Beach, d'une blancheur de lait, immense oiseau posé, ses deux ailes régulières bordées de balustrades, sa terrasse surplombante, ses coupoles vertes, ses stores verts baissés sur l'été, ses rodomontades, ses fleurs, ses anges, ses guirlandes, ses ors, sa blancheur toujours de lait, de neige, de sucre, le Casino municipal.

Dans le crissement aigu et prolongé des freins il passe lentement. Il s'arrête, visible dans son entier.

Lol rit, se moque.

— Le Casino de T. Beach, que je le connais.

Elle sort du compartiment, s'arrête dans le couloir, réfléchit.

— On ne va pas rester dans la salle d'attente quand même.

Je ris.

— Non.

Sur le quai et dans la rue elle marche à mon bras, ma femme. Nous sortons de notre nuit d'amour, le compartiment du train. A cause de ce qui s'y est passé entre nous, nous nous touchons plus facilement, plus familièrement. Je connais maintenant la puissance, la sensibilité de ce visage si doux — qui est aussi son corps, ses yeux, ses yeux qui voient le sont aussi — noyé dans la douceur d'une enfance interminable qui surnage à fleur de chair. Je lui dis :

— Je vous connais mieux depuis le train.

Elle comprend bien ce que j'entends par là, elle ralentit, surmonte comme une tentation de revenir en arrière.

— Vous êtes maintenant de ce voyage qu'on m'empêche de faire depuis dix ans. Que c'était bête.

A la sortie de la gare elle regarde la rue d'un côté puis de l'autre, hésite à prendre telle ou telle direction. Je l'entraîne vers celle du Casino dont la ville, maintenant, cache le corps principal.

Rien ne se passe en elle qu'une reconnaissance formelle, toujours très pure, très calme, un peu amusée peut-être. Sa main est dans la mienne. Le souvenir proprement dit est antérieur à ce souvenir, à lui-même. Elle a d'abord été raisonnable avant d'être folle à T. Beach. Qu'est-ce que je raconte ?

Je dis :

— Cette ville ne vous servira à rien.

— De quoi je me souviendrais?

— Venez ici comme à S. Tahla.

— Ici comme à S. Tahla, répète Lol.

La rue est large et descend avec nous vers la mer. Des jeunes gens la remontent, en maillots de bain, en robes de couleurs vives. Ils ont le même teint, les cheveux collés par l'eau de mer, ils ont l'air de rejoindre une famille unique aux membres très nombreux. Ils se quittent, salut, se donnent rendez-vous pour tout à l'heure, tous sur la plage. Ils rentrent pour la plupart dans des petits pavillons meublés à un étage, laissent la rue toujours plus déserte à mesure qu'on avance. Des voix de femmes crient des prénoms. Des enfants répondent qu'ils arrivent. Lol dévisage sa jeunesse avec curiosité.

Nous sommes arrivés devant le Casino sans nous en apercevoir. Sur notre gauche, à cent mètres, il a été là, au milieu d'une pelouse que de la gare nous ne pouvions pas voir.

— Si on y allait, dit Lol.

Un long couloir le traverse, qui ouvre d'un côté sur la mer, et de l'autre sur la place centrale de T. Beach.

Dans le Casino municipal de T. Beach, il n'y a personne excepté une dame au vestiaire, à l'entrée, et un homme en noir qui fait les cent pas les mains derrière le dos, il bâille.

De grands rideaux à ramages, sombres, ferment toutes les issues, ils remuent constamment dans le vent qui balaie le couloir.

Quand le vent est un peu fort, on aperçoit des salles désertes aux fenêtres fermées, une salle de jeu, deux salles de jeu, des tables recouvertes de grandes plaques de tôle verte cadenassées.

Lol passe la tête à chaque issue et rit, comme enchantée par ce jeu de revoir. Ce rire me gagne. Elle rit parce qu'elle cherche quelque chose qu'elle croyait trouver ici, qu'elle devrait donc trouver, et qu'elle ne trouve pas. Elle vient, revient, soulève un rideau, passe le nez, dit que ce n'est pas ça, qu'il n'y a pas à dire, ce n'est pas ça. Elle me prend à témoin de son insuccès à chaque retombée d'un rideau, elle me regarde et elle rit. Dans l'ombre du couloir ses yeux brillent, vifs, clairs.

Elle examine tout. Tout aussi bien les affiches qui annoncent les galas, les compétitions, que les vitrines de bijoux, de robes, de parfums. Un autre que moi pourrait se tromper sur elle en ce moment. Je me trouve spectateur d'une gaieté imprévue, irrésistible.

L'homme qui fait les cent pas vient vers nous, s'incline devant Lol, lui demande si elle a besoin de ses services, s'il peut l'aider. Lol, décontenancée, se tourne vers moi.

— Nous cherchons la salle de bal.

L'homme est aimable, il dit qu'à cette heure-ci,

bien entendu, le Casino est fermé. Ce soir à sept heures et demie. J'explique, je dis qu'un coup d'œil nous suffirait parce que nous sommes venus ici quand nous étions jeunes, pour revoir, juste un coup d'œil c'est ce que nous voudrions.

L'homme sourit, comprend et nous demande de le suivre.

— Tout est fermé. Vous verrez mal.

Il tourne dans le couloir perpendiculairement au précédent : voilà ce qu'il fallait faire. Lol a cessé de rire, elle ralentit, nous suit à la traîne. Nous y voici. L'homme soulève un rideau, on ne voit pas encore, et il demande si au fait nous nous souvenons du nom de la salle parce qu'il y a dans le Casino deux salles de bal.

— La Potinière, dit Lol.

— Alors, c'est ici.

Nous entrons. L'homme lâche le rideau. Nous nous trouvons dans une salle assez grande. Concentriquement des tables entourent une piste de danse. D'un côté il y a une scène fermée par des rideaux rouges, de l'autre un promenoir bordé de plantes vertes. Une table recouverte d'une nappe blanche est là, étroite et longue.

Lol regardait. Derrière elle j'essayais d'accorder de si près mon regard au sien que j'ai commencé à me souvenir, à chaque seconde davantage, de son souvenir. Je me suis souvenu d'événements contigus à ceux qui l'avaient vue, de similitudes profilantes évanouies aussitôt qu'entrevues dans

la nuit noire de la salle. J'ai entendu les fox-trot
d'une jeunesse sans histoire. Une blonde riait à
gorge déployée. Un couple d'amants est arrivé
sur elle, bolide lent, mâchoire primaire de
l'amour, elle ignorait encore ce que ça signifiait.
Un crépitement d'accidents secondaires, des cris
de mère, se produisent. La vaste et sombre prairie de l'aurore arrive. Un calme monumental
recouvre tout, engloutit tout. Une trace subsiste,
une. Seule, ineffaçable, on ne sait pas où d'abord.
Mais quoi? ne le sait-on pas? Aucune trace,
aucune, tout a été enseveli, Lol avec le tout.

L'homme marche, va et vient derrière le rideau
du couloir, il tousse, il attend sans impatience.
Je me rapproche de Lol. Elle ne me voit pas venir.
Elle regarde par à-coups, voit mal, ferme les yeux
pour mieux le faire, les rouvre. Son expression est
consciencieuse, butée. Elle peut revoir indéfiniment ainsi, revoir bêtement ce qui ne peut pas se
revoir.

Nous avons entendu le déclic d'un commuta-
teur et la salle s'éclaire de dix lustres ensemble.
Lol pousse un cri. Je dis à l'homme :

— Merci, ce n'est pas la peine.

L'homme éteint. La salle redevient, par
contraste, beaucoup plus obscure. Lol sort.
L'homme attend derrière les rideaux, souriant.

— Il y a longtemps? demande-t-il.

— Oh, dix ans, dit Lol.

— J'étais là.

Il change d'expression, reconnaît mademoiselle Lola Stein l'infatigable danseuse, dix-sept ans, dix-huit ans, de la Potinière. Il dit :

— Pardon.

Il doit savoir le reste de l'histoire aussi, je le vois bien. Cette reconnaissance échappe complètement à Lol.

Nous sommes sortis par la porte qui donne sur la plage.

Nous y sommes allés sans le décider. Arrivée au jour, Lol s'est étirée, elle a longuement bâillé. Elle a souri, elle a dit :

— Je me suis levée tellement tôt, que j'ai sommeil.

Le soleil, la mer, elle baisse, baisse, laisse derrière elle des marécages bleus de ciel.

Elle s'allonge sur le sable, regarde les marécages.

— On va aller manger, j'ai faim.

Elle s'endort.

Sa main s'endort avec elle, posée sur le sable. Je joue avec son alliance. Dessous la chair est plus claire, fine, comme celle d'une cicatrice. Elle ne sait rien. J'enlève l'alliance, je la sens, elle n'a pas d'odeur, je la remets. Elle ne sait rien.

Je n'essaie pas de lutter contre la mortelle fadeur de la mémoire de Lol V. Stein. Je dors.

Elle dort toujours, dans la même position. Il y a une heure qu'elle dort. La lumière penche un peu. Ses cils font une ombre. Il y a un peu de vent. Sa main est restée à l'endroit où elle s'est endormie, un peu plus enlisée dans le sable, on ne voit plus ses ongles.

Elle se réveille très vite après moi. De ce côté-là il y a très peu de monde, la plage est vaseuse, on se baigne plus loin, à des kilomètres, la mer est très basse, étale pour le moment, au-dessous des mouettes idiotes piaillent. Nous nous considérons. Notre rencontre est récente. Nous sommes étonnés tout d'abord. Puis nous retrouvons notre mémoire en cours, merveilleuse, fraîche du matin, nous nous enlaçons, que je la serre, nous restons ainsi, sans nous parler, sans qu'aucun mot puisse se dire jusqu'au moment où, du côté de la plage, celui où sont les baigneurs, Lol le visage dans mon cou ne le voit pas, il y a un mouvement de gens,

un rassemblement autour de quelque chose, peut-
être un chien mort.

Elle se lève, m'entraîne dans un petit restaurant
qu'elle connaît. Elle meurt de faim.

à Vhôtel

Nous voici donc à T. Beach, Lol V. Stein et moi.
Nous mangeons. D'autres déroulements auraient
pu se produire, d'autres révolutions, entre d'autres
gens à notre place, avec d'autres noms, des autres
durées auraient pu avoir lieu, plus longues ou plus
courtes, d'autres histoires d'oublis, de chute verticale dans l'oubli, d'accès foudroyants à d'autres
mémoires, d'autres nuits longues, d'amour sans
fin, que sais-je? Ça ne m'intéresse pas, c'est Lol
qui a raison.

Lol mange, elle se nourrit.

Je nie la fin qui va venir probablement nous
séparer, sa facilité, sa simplicité désolante, car
du moment que je la nie, celle-là, j'accepte
l'autre, celle qui est à inventer, que je ne connais
pas, que personne encore n'a inventée : la fin
sans fin, le commencement sans fin de Lol
V. Stein.

A la voir manger, j'oublie.

Nous ne pourrons pas éviter de passer la
nuit à T. Beach. Cette évidence nous arrive
dessus pendant que nous mangeons. Elle se
cimente à nous, nous oublions qu'il aurait

pu en être autrement. C'est Lol qui dit :

— Si vous voulez, nous resterons cette nuit ici.

Nous ne pouvons pas rentrer, c'est vrai. Je dis :

— Nous allons rester. Nous ne pouvons pas faire autrement.

— Je vais téléphoner à mon mari. Ce n'est quand même pas suffisant que je sois à T. Beach pour qu'il

Elle ajoute :

— Après je serai si raisonnable. Comme je lui ai déjà dit que c'était la fin de notre histoire déjà, est-ce que je ne peux pas changer, moi? Je le peux, vous voyez.

Elle s'accroche à cette certitude.

— Regardez mon visage, ça doit se voir, dites-le-moi que nous ne pouvons pas rentrer.

— Ça se voit, nous ne le pouvons pas.

Par vagues successives, sans répit, ses yeux se remplissent de larmes, elle rit au travers, je ne connais pas ce rire.

— Je veux être avec vous, mais comme je le veux.

Elle me demande d'aller louer une chambre. Elle va m'attendre sur la plage.

Je suis dans un hôtel. Je loue la chambre, je demande, on me répond, je paie. Je suis avec elle à m'attendre : la mer monte enfin, elle noie les marécages bleus les uns après les autres, progressivement et avec une lenteur égale ils perdent leur individualité et se confondent avec la mer, c'est fait pour ceux-ci, mais d'autres attendent leur tour. La mort des marécages emplit Lol d'une tristesse abominable, elle attend, la prévoit, la voit. Elle la reconnaît.

Lol rêve d'un autre temps où la même chose qui va se produire se produirait différemment. Autrement. Mille fois. Partout. Ailleurs. Entre d'autres, des milliers qui, de même que nous, rêvent de ce temps, obligatoirement. Ce rêve me contamine.

Je suis obligé de la déshabiller. Elle ne le fera pas elle-même. La voici nue. Qui est là dans le lit? Qui, croit-elle?

Allongée elle ne bouge pas. Elle est inquiète. Elle est immobile, reste là où je l'ai posée. Elle me suit des yeux comme un inconnu à travers la chambre lorsque je me déshabille à mon tour. Qui est-ce? La crise est là. Notre situation en ce moment, dans cette chambre où nous sommes seuls, elle et moi, l'a déclenchée.

— La police est en bas.

Je ne la contredis pas.

— On bat des gens dans l'escalier.

Je ne la contredis pas.

Elle ne me reconnaît pas, plus du tout.

— Je ne sais plus, qui c'est?

Puis elle me reconnaît mal.

— On va s'en aller.

Je dis que la police nous prendrait.

Je m'allonge auprès d'elle, de son corps fermé. Je reconnais son odeur. Je la caresse sans la regarder.

— Oh que vous me faites mal.

Je continue. Au toucher je reconnais les vallonnements d'un corps de femme. Je dessine des fleurs dessus. Ele ne se plaint plus. Elle ne bouge plus, se souvient sans doute qu'elle est là avec l'amant de Tatiana Karl.

Mais voici qu'elle doute enfin de cette identité, la seule qu'elle reconnaisse, la seule dont elle s'est toujours réclamée du moins pendant le temps où je l'ai connue. Elle dit :

— Qui c'est?

Elle gémit, me demande de le dire. Je dis :

— Tatiana Karl, par exemple.

Harassé, au bout de toutes mes forces, je lui demande de m'aider :

Elle m'aide. Elle savait. Qui était-ce avant moi? Je ne saurai jamais. Ça m'est égal.

Après, dans les cris, elle a insulté, elle a supplié, imploré qu'on la reprenne et qu'on la laisse à la fois, traquée, cherchant à fuir de la chambre, du lit, y revenant pour se faire capturer, savante, et il n'y a plus eu de différence entre elle et Tatiana Karl sauf dans ses yeux exempts de remords et dans la désignation qu'elle faisait d'elle-même — Tatiana ne se nomme pas, elle — et dans les deux noms qu'elle se donnait : Tatiana Karl et Lol V. Stein.

C'est elle qui m'a réveillé.

— Il faudrait rentrer.

Elle était habillée, son manteau mis, debout. Elle continuait à ressembler à celle qu'elle avait été pendant la nuit. Raisonnable à sa manière puisqu'elle aurait voulu encore rester, qu'elle aurait voulu que tout recommence et qu'elle trouvait qu'il ne fallait pas. Son regard était bas, sa voix qu'elle n'élevait pas du tout s'était ralentie.

Elle va à la fenêtre pendant que je m'habille et moi aussi j'évite de me rapprocher d'elle. Elle me rappelle que je dois rejoindre Tatiana à l'Hôtel des Bois à six heures. Elle a oublié beaucoup de choses mais pas ce rendez-vous.

Dans la rue nous nous sommes regardés. Je l'ai appelée par son nom, Lol. Elle a ri.

Nous n'étions pas seuls dans le compartiment, il fallait parler à voix basse.

Elle me parle de Michael Richardson sur ma demande. Elle dit combien il aimait le tennis, qu'il écrivait des poèmes qu'elle trouvait beaux. J'insiste pour qu'elle en parle. Peut-elle me dire plus encore? Elle peut. Je souffre de toutes parts. Elle parle. J'insiste encore. Elle me prodigue de la douleur avec générosité. Elle récite des nuits sur la plage. Je veux savoir plus encore. Elle me dit plus encore. Nous sourions. Elle a parlé comme la première fois, chez Tatiana Karl.

La douleur disparaît. Je le lui dis. Elle se tait.

C'est fini, vraiment. Elle peut tout me dire sur Michael Richardson, sur tout ce qu'elle veut.

Je lui demande si elle croit Tatiana capable de prévenir Jean Bedford qu'il se passe quelque chose entre nous. Elle ne comprend pas la question. Mais elle sourit au nom de Tatiana, au souvenir de cette petite tête noire si loin de se douter du sort qui lui est fait.

Elle ne parle pas de Tatiana Karl.

Nous avons attendu que les derniers voyageurs sortent du train pour sortir à notre tour.

J'ai quand même ressenti l'éloignement de Lol comme une grande difficulté. Mais quoi? une seconde. Je lui ai demandé de ne pas rentrer tout de suite, qu'il était tôt, que Tatiana pouvait attendre. Envisagea-t-elle la chose? Je ne le crois pas. Elle a dit :

— Pourquoi ce soir?

Le soir tombait lorsque je suis arrivé à l'Hôtel des Bois.

Lol nous avait précédés. Elle dormait dans le champ de seigle, fatiguée, fatiguée par notre voyage.

DU MÊME AUTEUR

A la librairie Plon

LES IMPUDENTS.

Aux Éditions de Minuit

MODERATO CANTABILE.
DÉTRUIRE, DIT-ELLE.

Rachèle J.-J. Hu
2920 Sciota St. #709
Cinti., OH. 45219

282-82-8223

*Cet ouvrage a été composé
et achevé d'imprimer par l'Imprimerie Floch
à Mayenne le 14 juin 1984.
Dépôt légal : juin 1984.
1er dépôt légal dans la collection : juillet 1976.
Numéro d'imprimeur : 22031.*

ISBN 2-07-036810-6 / Imprimé en France.

34003